Amélie Nothomb

불쏘시개

아멜리 노통브 지음　함유선 옮김

이 책은 실로 꿰매어 제본하는 정통적인 사철 방식으로 만들어졌습니다.
사철 방식으로 제본된 책은 오랫동안 보관해도 손상되지 않습니다.

나의 아버지께

등장인물

교수 50대 남자

다니엘 30대 남자, 조교

마리나 20대 여자, 학생

책이 한가득 꽂혀 있는 어마어마하게 큰 서가가 방 한쪽 벽을 온통 차지하고 있다. 그 외에는 아무것도 없어서 방의 빈 공간이 더욱 눈에 띈다. 책상도 안락의자도 없다. 나무 의자 몇 개와 거대한 무쇠 난로 하나가 있을 뿐이다.

한 50대 남자가 의자에 앉아서 무릎 위에 서류 뭉치를 올려놓고 글을 쓰고 있다. 그는 터틀넥 스웨터를 입고 있다.

두툼한 외투를 걸친 30대 남자가 들어온다. 그는 외투를 벗지도 않는다.

다니엘 벌써 일하세요?

교수 (그를 쳐다보지도 않은 채) 한 시간이나 되었네.

다니엘이 의자를 들어 난로 가까이 끌고 간다. 그는 의자에 앉는다.

다니엘 전쟁이 일어나기 전에는 선생님이 이렇게 일찍 일하시는 것을 본 적이 없는데요.

교수 추워서 잠을 잘 수가 없네. 침대에 그대로 누워 있다가는 머리가 돌아 버릴 것 같아. 그래서 결국 잠자리에서 일어나고 말지. 이상한 일이야. 의자에 앉아 있으면 훨씬 덜 춥단 말이야.

다니엘 일을 하시니까 그렇죠. 그러면 추위는 잠시 잊고 다른 걸 생각하게 되잖아요.

교수 또 어디에 있는지가 무척이나 중요하다네. 잠자리에서는 추위에 무방비 상태가 되지. 어쨌든 그런 생각이 드네.

다니엘 지금 무슨 일을 하시죠?

교수 다니엘, 자네는 웃을지도 몰라. 『천문대의 무도회』의 마지막 장에 대해서 글을 쓰고 있네. 글쎄, 어쨌든 강의를 하게 될지, 발표를 하게 될지, 생각으로 끝날지 알 수 없지만 말일세.

다니엘 블라텍의 작품요?

교수 또 누가 그걸 썼겠나?

다니엘 선생님, 제 말은 그게 아니고요. 저는 몇 년 전부터 선생님을 알고 지냈어요. 하지만 선생님께서 블라텍에 대해서 폄하하는 걸 한 번도 들어 본 적이 없는데요.

교수 우리가 알고 지낸 지 벌써 여러 해가 지났군. 그런데 우리가 함께 산 건 얼마나 되었지?

다니엘 야만인들이 제가 사는 동네를 파괴했을 때부터요. 그러니까 벌써 두 달이 되었군요.

교수 다니엘, 그 두 달 동안에 내가 어떻게 사는지 보았겠지. 내가 파테르니스의 책을 읽는 걸 본 적이 있나?

다니엘 아니요.

교수 오베르나크의 작품을 읽는 걸 본 적이 있나? 에스페란디오는? 클라인베팅겐은?

다니엘 아니요. 전혀 본 적이 없는데요.

교수 이보게, 자네는 그럼 어떤 결론을 내릴 수 있지?

다니엘 뻔한 것 아닌가요. 선생님은 그 사람들에 대해서 강의할 때부터 작품을 다 꿰고 계시잖아요. 특히 파테르니스에 관해서 학위 논문을 쓰셨으니, 다시 읽으시려는 건 아니죠.

교수 굳이 그렇게 에둘러 말할 필요가 있나. 그렇게 말해 봤자 자네 승진에 아무런 도움이 되지 않네. 전쟁 전에는, 자네에게 강의를 맡길 수도 있었어. 평화가 다시 돌아오지 않는 한 자네는 내 조교일 뿐이네. 또 그렇게 빨리 평화로운 시절이 돌아오지 않으리라는 건 자네도 알겠지. 전쟁이 일어나면 대학 업무를 중지할 수밖에 없네. 물론 승진 따위도. 그러니 자네에게 강의를 맡기는 건 요원한 일이네.

다니엘 선생님, 저도 다 알고 있습니다. 그렇다고 아첨하는 것은 아닙니다. 수업 시간에 저희에게 그렇게 칭찬했던 작가들 작품을 다시 읽을 필요가 있다면 그게 좀 어리석은 거라는 생각이 듭니다. 그만큼 잘 알고 계시니까 말입니다.

교수 그럼 자네는 학생들 앞에서 실컷 조롱한 작가들 책을 읽고 있는 게 현명하겠나?

다니엘 저는 선생님께서 그럴 만한 이유가 있을 거라고 생각해요.

교수 전혀 그렇지 않아, 다니엘. 적어도 이번 전쟁을 통해서 참고 있어서는 안 된다는 것을 배웠어야지. 그렇지 않다면 전쟁은 정말 아무짝에도 쓸모없을 거라네.

다니엘 선생님, 전쟁은 아무짝에도 쓸모가 없을 겁니다. 전쟁이 우리에게 무언가를 가르치는 게 있다면, 결국 전쟁이 우리를 죽음으로 몰아넣을 거라는 사실입니다.

교수 자네는 정말 유머 감각이 없군.

다니엘 뭔가 웃을 거리가 있다고 생각하시는 건가요?

교수 물론 그렇지. 웃을 거리가 있지. 어떤 문학 교수도 결코 고백한 적이 없는 거네. 자신이 읽은 것, 자신이 정말로 읽은 것, 자신이 자유로운 시간에 읽은 것이 무엇인지 말일세. 자넨 그 사실을 알아내는 특권을 가진 거야.

다니엘 자유로운 시간이라니요? 전쟁 기간이 자유로운 시간이란 말입니까?

교수 나에겐 그렇다네. 전쟁 기간은 없어서는 안 될 자유로운 시간일세. 그전에 난 일주일에 열네 시간씩 강의를 했네. 지금은 대학에 폭격이 없을 때만 강의하고 있지. 오늘이 금요일이지. 이번 주에 난 40분 동안 학생들에게 복음을 전했네. 그러니까 나는 시시한 독서를 하면서 더 많은 시간을 보냈던 거야.

다니엘 저는 전과 거의 똑같이 학교에 자주 갑니다.

교수 자네는 젊고 과감하지. 나도 자네 같았으면 좋겠군.

다니엘 그렇게 잘난 영웅심 때문에 학교에 자주 간 것은 아닙니다. 분명히 학교가 훨씬 덜 추운 것 같아서요. (그는 난로 위로 손을 갖다 댄다.) 선생님, 난롯불이 또 꺼졌네요.

교수 더 이상 불을 지필 게 없네. 보게나. 책상이란 책상은 몽땅 이미 불쏘시개로 썼고, 상감 세공을 한 책상(서류함과 개폐식 판이 달린)도 태워 없앴다네. 의자들을 불태우는 것은 실수하는 걸 거야. 맨바닥에 그대로 앉으면 더 추울 테니까. 어째서 대학이 더 따뜻한지 아나? 끊임없이 폭격을 맞기 때문일세. 매번 폭격을 맞을 때마다, 불쏘시개로 쓸 수 있는 판자 조각을 얻게 되지. 야만인들이 내가 사는 동네에 더 많이 공격을 해댄다면 더 훈훈한 아지트를 제공할 수 있을 걸세.

다니엘 바로 그게 썰렁 유머라고 하는 거군요.

교수 브라보, 다니엘. 자네도 이제 알겠지. 전쟁이 사람들을 재치 있게 만들 수 있다네.

다니엘 물론 제가 전쟁 중에 있다고 느낄 때만 그렇죠. 전쟁은 서로 싸우는 겁니다. 하지만 우리는 싸우지 않아요. 우리는 포위당해 있어요.

교수 난 그렇게 생각하지 않아. 자넨 투쟁하고 있네. 우리 교수들은 강의를 계속하는 게 투쟁하는 거라네. 그리고 우리 학생들은 폭격을 맞으면서도 낭만주의 시인들의 작품을 읽고 종속절에서 부사의 위치에 계속 관심을 갖는 것이 곧 투쟁하는 거라네.

다니엘 글쎄, 저는 학생들이 그런 것에 관심을 갖고 있는지 궁금해요. 대학이 아직 따뜻하기 때문에 강의를 들으러 오는 거라고 짐작하지만요.

교수 대학은 따뜻하지만 폭격을 맞았네. 학생들은 목숨을 잃을 위험도 있고. 아직 젊은 사람들이 그래선 안 되지.

다니엘 솔직히 말하면 정말 그래요. 선생님, 학생들

이 삶에 집착하고 있는지는 잘 모르겠어요. 제가 겪어 보니까 그래요. 아침 네 시에 일어나서 학교에 와요. 논문도, 학교까지 오는 길에 보는 거리도, 폭격도 생각하지 않아요. 어쩌면 마지막 아침일 수도 있다는 사실을 생각하는 것도 아니에요. 그저 저는 생각하죠. 대학 도서관에 있는 따뜻한 배관통 만세라고.

교수 배관통이라고?

다니엘 (깜짝 놀라면서 어이없다는 듯이) 모르셨나요. 보일러와 연결된 벽을 따라 있는 관들은 몹시 뜨겁잖아요. (그는 일어나서 팔짱을 낀다.) 그래서 저는 뭔가 타는 냄새가 날 때까지 배관통에 등과 팔을 붙이고 있어요.

교수 환상적이군. 정말 고마운 배관통이군.

다니엘 자, 그러니 저는 아침에 일어날 때 생각하는 게 바로 그겁니다. 몹시 뜨거운 배관통 말입니다. 삶도 죽음도 전쟁도 야만인도 제 논문도 생각하지 않습니다. 심지어 배가 고프다는 생각도 나지 않습니다. 알고 계시겠지만.

교수 마리나도 생각나지 않던가?

다니엘 마리나도 생각나지 않습니다. 배관통만 생각합니다. 제 외투를 뚫고 들어올 따뜻함만을 생각합니다.

교수 이제야 자네가 대학 도서관에서 대부분의 시간을 보내는 이유를 알겠네.

다니엘 정말로 선생님께서는 제가 도서관에 있는 게 논문을 쓰겠다는 열정 때문이라고 생각하셨나요?

교수 누구라도 자네를 보고 그렇게 생각했을 걸세. 아주 이상주의자 같은 태도를 하고 있으니 말일세.

다니엘 저는 이상주의자입니다. 그래서 이 계엄령이 견딜 수 없는 겁니다. 우리를 동물로 만들어요.

교수 이번 전쟁이 우리가 동물이란 것을 자네에게 가르쳐 줄 수 있다면, 다행이군.

다니엘 (다시 앉는다.) 선생님 기분이 좋으니까 괜히 짜증이 나요. (그는 어조를 높인다.) 그런데, 어째서 선생님은 외투를 입지 않으시죠? 너무 더워서요?

교수 여긴 내 집일세. 집에 있을 때는 외투를 입지 않아.

다니엘 그런 말도 안 되는 소리는 처음 들어 보는데요. (그는 일어나서 교수의 주변을 살펴본다.) 어디 있죠, 선생님 외투는?

교수 다니엘, 자네는 왜 시키지도 않은 짓을 하지?

다니엘 우습군요. 선생님은 추워서 새파래지셨잖아요! (그는 방 안을 한 바퀴 돈다.) 도대체 외투가 어디 있죠? (그는 들어오는 문 가까이에서 외투를 찾아내더니 낚아챈다.) 아, 여기 있군요. 선생님은 그러니까 제가 찾아내도록 일부러…….

교수 (그는 벌떡 일어서더니 방의 다른 쪽으로 도망치듯 가버린다. 그러더니 울부짖는다.) 난 입지 않을 거야!

다니엘 왜 그렇게 이상하게 구시죠?

교수 자네가 계속 싸우는 방법은 전과 똑같이 그렇게 소리 지르고 감정을 터뜨리는 거겠지. 난 말이야, 집에 있을 때 외투를 입지 않는 거야. 외투를 입으면 싸움에 진 기분이 들 거야.

다니엘 선생님처럼 지성적인 분이 어떻게 그런 어리석은 말을 할 수가 있죠? (그는 외투를 들고 교수에게 다가간다. 교수는 다른 쪽으로 피한다. 그들은 어린아이들이 술래잡기를 하듯 방 가장자리를 따라 빙빙 돈다. 다니엘은 투우사가 붉은 천 조각을 흔드는 것처럼 외투를 들고 있다.)

교수 (달리면서 소리를 친다.) 나는 지성적인 사람이 아니야! 내가 좋아하는 작가의 글을 읽으면서도 아무런 즐거움도 느끼지 못해. 블라텍이 한심해 보여서 그의 글을 읽는 게 좋아. 25년 동안 나는 학생들에게 적당히 거짓말해 왔던 거야.

다니엘 (그를 쫓아가면서 소리친다.) 도대체 무엇 때문에 외투 입는 걸 거부하는 겁니까?

교수 (달리면서 소리친다.) 그걸 입으면 멍청해 보이니까.

젊은 여자가 들어온다. 날씬하고 단정해 보인다. 다니엘과 교수가 쫓고 쫓기는 게임을 멈춘다. 그들은 꼼짝 않고 어색하게 서 있다. 마리나도.

다니엘 마리나.

마리나 지금, 여기서 뭐 하는 거죠?

교수 자네가 사랑하는 이 친구가 내가 어리석은 짓을 하도록 내버려 두지 않는군.

마리나 선생님이 입지 않으시면 제가 입을게요. (교수는 다니엘의 손에서 외투를 빼앗아 마리나의 어깨에 걸쳐 준다. 그녀에게는 너무나 크다. 마리나는 난로 가까이 앉으면서 난로에 손을 갖다 댄다.) 선생님, 난로가 꺼졌는데요.

교수 마리나, 나도 알고 있네. 이제 더 태울 게 없네.

마리나 (서가를 바라보면서) 저건요?

교수 저 선반을? 저건 금속으로 만들어져 있네.

마리나 아니요, 책요.

어색한 침묵이 흐른다.

다니엘 그건 불쏘시개로 쓸 수 없지, 마리나.

마리나 (천진난만하게 웃으며) 그러긴 해. 하지만 책들은 아주 잘 타.

교수 만일 우리가 책들을 태우기 시작하면, 그땐 정말로 전쟁에서 질지도 몰라.

마리나 우린 이미 전쟁에서 졌어요.

교수 자, 자네는 너무 지쳤어.

마리나 (그녀를 매혹적으로 보이게 하는 즐거운 웃음을 지으며) 모르는 체하지 마세요. 우리가 전쟁 중에 두 번째 맞이하는 겨울이에요. 지난겨울에, 선생님은 〈우리가 또 다른 겨울을 맞이한다면, 그럼 우린 전쟁에서 진 것이다〉라고 결론을 내리셨어요. 제가 생각하기에, 지난겨울에 전쟁에서 이미 졌어요. 추위가 찾아들었던 첫날 저는 깨달았어요.

교수 자네가 지나치게 추위를 많이 타기 때문에 그렇다네. 그게 정상이지. 자네는 도대체 몸무게가 얼마나 나가지? 80권 정도의 무게?

마리나 2천 권 정도의 무게는 나가요. 그러니까 제가 따뜻해지려면 선생님이 태우실 책이 2천 권은 되어야 해요.

다니엘 마리나, 그만 해.

마리나 (아주 순하게) 자연은 불공평해요. 남자는 언제나 여자보다 추위를 덜 탔어요. 이번 전쟁을 겪으면서 바로 그게 여성과 남성의 가장 커다란 차이라는 것을 깨달았어요. 그러니까 선생님은 지금 제가 책을 사랑하지 않는다고 생각하시죠. 책을 불쏘시개로 쓰자고 했으니까요. 저는 오히려 선생님이 책을 진정으로 사랑하지 않았다고 생각해요. 선생님은 언제나 책을 단순히 당신 논문을 쓰는 자료로만, 그러니까 당신이 한 단계 나아가는 도구로만 생각했을 뿐이니까요.

교수 이 어린 소녀가 이렇게 순수한 태도를 하고서 우리를 모욕하다니, 그런 자태가 정말 마음에 드는군.

마리나 저는 선생님을 모욕하는 게 아니에요. 다만 제가 왜 그런 말을 했는지 설명하는 거예요. 그러니까 선생님이 책에 그렇게까지 집착하지 않아도 된다는 사실을 이해시키려고 노력하는 겁니다.

교수 우리 아가씨를 따뜻하게 해주기 위해서 부담 없이 책을 불태우라는 말이군. 자네 계산은 한참 빗나가 있네. 어떻게 해서든지 우리가 살아남으려고 기를 쓴다면, 아마 우리의 저급한 야망에 없어서는 안 될 저 책들을 불태우지는 않을 걸세. 마리나, 바로 자네를 불태워 없애는 일이 벌어질걸. 왜냐하면 마리나, 자넨 우리에게 아무런 쓸모가 없으니까.

다니엘 (교수를 향해 걸어가면서) 선생님!

마리나 저는 선생님을 따뜻하게 해드릴 만큼 충분히 활활 타오르는 불이 되지는 못할 겁니다.

교수 자네가 다니엘에게 어떤 존재인지를 생각해 보면 그 정도는 되지 않겠나. 잠깐 타오르는 불꽃이라고나 할까.

다니엘 (교수를 붙잡고서) 그만 하세요!

마리나 저도 알고 있어요. 해마다 가을이면 다니엘은 졸업을 앞둔 여학생을 꾀곤 했죠. 졸업을 앞두고 있으니, 그다음 가을에는 그녀를 다시 만나지 않아도 되니까요. 저는 지난 4년 동안 내내 그 잔꾀를 지켜보았어요. 다니엘이 어떤 여학생을 어떻게 꾀는지 알고 있어요. 지난 몇 년 동안에 몇 가지 상황을 지켜보니 제가 다니엘에게 선택받는 행복한 여학생이 될 거라고 예측할 수 있었어요. 저로서는 유일하게 불확실한 일이긴 하지만. 어쨌든, 단 1년 동안만 선택을 받는다는 사실을 알고 있었기 때문에, 저는 최대한의 것을 요구했죠.

다니엘 (교수를 놓아주더니 마리나의 의자 옆에 가 선다.) 넌 끔찍해.

마리나 (일어서서 다니엘과 마주 보며 서 있다. 그녀는 일부러 꾸며서가 아니라 정말로 아주 상냥하게 그에게 웃음 짓는다.) 내가 끔찍하다고? 자기가 아니라? 전쟁이 아니라?

다니엘 정말 네가 말한 대로 생각한다면, 네가 나를 어떻게 사랑할 수 있었는지 이해 못 하겠다!

마리나 나도 그래. 나도 이해 못 하겠어. (그녀는 다시 그에게로 다가간다, 천사같이 더없이 착한 여자처럼. 그는 눈치채기 어려울 정도로 멈칫거리며 뒤로 물러선다.)

다니엘 만일 정말로 네가 말한 대로 생각한다면, 네 태도는 온당치 않아.

마리나 (여전히 가까이 다가가면서) 내 태도가 온당치 않다고, 다니엘? (그녀는 그에게 바짝 다가가 꼼짝 않고 있다. 그는 한순간 멈칫한다. 그러고 나서 무력한 한숨을 내쉬며 두 팔로 그녀를 잡는다.)

교수 아, 멋있어, 멋있어! 전쟁 와중에 마리보[1]의 작

1 Marivaux(1688~1763). 프랑스 극작가이자 소설가. 희극 「사랑으로 연마된 아를캥」으로 성공을 거두었다.

품을 보는 듯하네.

다니엘 (여전히 마리나를 꼼짝 못 하게 잡고 있으면서, 비난하는 말투로) 마리보의 작품이라고요? 파테르니스를 말하고 싶은 거로군요.

교수 자네가 옳아. 파테르니스의 그 뚱뚱한 부르주아가 인간이 나누는 사랑이 때로 얼마나 비참한지, 그 적나라하고 가혹한 진실을 어떻게 이해할 수 있었을까?

마리나 (다니엘의 팔에서 빠져나오면서 격분한 태도로 뒷걸음질 치면서) 아, 안 돼요. 시시한 문학 이야기는 그만 해요. 추워요. 따뜻한 불이 필요해요.

교수 다니엘, 잘 보게. 자고로 옛날부터 여자들이 집에 돌아왔을 때 하는 말은 바로 이거야.

마리나 (교수를 향해 몸을 다시 돌리더니) 선생님, 저를 무시하려고 온갖 구실을 찾아내시는군요. 전쟁 중에도 선생님은 몸무게가 줄지 않았어요. 만일 저처럼 춥다면, 저를 이해할 수 있을 겁니다.

교수 어이구, 저런, 자네에게는 영양분이 더 많이 필요하군.

마리나 아주 멋진 발상이에요. 저에게 무엇을 권하고 싶으세요? 얼어 죽은 시체를 빼놓고는, 오늘 저는 먹을 만한 것을 보지 못했어요.

교수 (서가를 향해 가면서) 기다려 봐……. (책 한 권을 집어 든다.) 자네에게 더 많은 영양을 줄 양식이 여기 있네. 클라인베팅겐의 『공포에 대한 예의』. 이걸 한 번 먹어 보게.

마리나 이 무슨 추잡한 짓이에요. (그녀는 그에게 등을 돌린다.)

교수 (그녀에게 다가가서 그녀를 돌려세운다. 그녀의 두 손에 책을 억지로 들려 준다.) 자네에게 큰 도움이 될 거라고 믿네.

마리나 (벌을 받는 어린아이처럼 책을 바라보면서) 이 책을 불태울 거예요. 이 책을 읽지 않을 거예요.

교수 (그녀에게서 책을 다시 빼앗으려고 애쓰지만, 그녀는 자기 가슴에 꼭 끌어안고 있다.) 마리나! 불에 태울 거라면, 그 책을 가져서는 안 돼.

마리나 (그를 향해 돌아서면서) 아, 안 돼요? 그렇다면 불쏘시갯감이 될 만한 다른 책을 갖고 계신가요?

교수 특히 나에겐 별로 훌륭하지 않은 책들도 있지.

마리나 (웃으면서) 이제 마침내 선생님이 아끼는 척하던 책들이 무엇인지 알 것 같아요.

교수 (서가를 살펴보면서) 자네가 난데없이 끼어들기 전에 우리가 이야기하고 있던 것이 바로 그거야……. 자! 저건 가져도 되네. (그는 몸을 길게 빼더니 책 두 권을 뽑아 든다.) 스테르페니크의 일기. (그는 그녀에게 책을 내민다. 그녀는 꼼짝도 않는다.) 자!

마리나 그걸로는 모자라요.

교수 그럼 어떻게 하지? 난 선반 하나에서 두 권이나 주었는데. 고약한 아가씨로군.

마리나 선생님, 헛소리를 하시는군요. 클라인베팅겐의 책 한 권은 스테르페니크의 책 두 권을 합친 것보다 더 두꺼워요.

다니엘 마리나!

교수 이 아가씨 계산 빠른 것 좀 보게. 내 말 좀 들어보게나.

마리나 클라인베팅겐의 가치를 정한 건 선생님이에요. 책이 두꺼운 만큼 거기에 담긴 것이 훌륭할지가 문제죠. (당황한 웃음. 교수는 서가의 선반을 바라본다.)

교수 내가 스테르페니크의 일기를 주는 것으로 시작했다고, 자네는 나에게서 그의 『영원한 투쟁』과 그가 벨린다 바르토피오와 주고받은 『서간집』 세 권까지 억지로 가져가려고 하는군. (그는 지금 두 팔에 두꺼운 책 여섯 권을 들고 있다.) 차라리 이것으로 충분하다고 생각하게나. 자네의 가느다란 팔로는 더 들고 있을 수도 없을 거고.

마리나 자신이 없네요. 그냥 책들을 땅바닥에 내려놓으세요. (교수는 그렇게 한다. 책들은 한 줄로 쌓여 있다. 마리나는 책 위에 앉는다.) 결국 클라인베팅겐의 책은 간직하시려고요. (그는 클라인베팅겐의 책을 다시 본다. 마리나가 일어난다. 그녀는 여섯 권을 집어 든다. 그녀는 깔깔거리고 웃는다.) 스테르페니크! 1학년 때 선생님이 그의 책을 읽으라고 시킨 것을 생각하면!

교수 자네가 실제로 그 책을 읽었다고는 하지 말게.

마리나 하지만 읽었어요, 선생님. 책을 읽지 않고도 읽은 척할 만큼 똑똑하지도 않아요. 어쨌든 저는 스테르페니크의 작품을 몽땅 읽었어요.

교수 (다니엘을 향해 돌아서면서) 자네도 알아들었지, 다니엘? 학생들한테 읽으라고 한 책을 읽은 학생이 있다니! 만일 내가 알았다면, 꼭 읽어야 할 도서 목록을 불러 주면서 조금 주저했을지도 몰라. 불쌍한 것, 미안하구나. (그는 그녀를 향해 돌아선다.)

마리나 그러지 마세요. 선생님은 제가 얼마나 전율을 느끼며 기뻐서 이 책을 불 속으로 집어 던질지 상상도 못 해요. 제가 4년 전에 그 책을 읽었을 때, 그때는 전쟁이 일어나지 않은 평화로운 시기였고, 더구나 봄이었어요. 저는 그 평화로운 봄날을 허비했어요. 읽을 수조차 없는 그 책을 이해하려고 말이죠. 선생님이 우리에게 강의 중에 그렇게 많이 말씀하신 그 책을요. 이 책을 태우는 것보다 더 합법적인 것은 결코 없을 겁니다. 선생님, 안녕히 계세요. 다니엘, 오늘 저녁에 봐요. (그녀는 달아난다.)

다니엘 마리나가 선생님 외투를 가져갔네요. 내일 제가 찾아 드릴게요.

교수 내버려 두게. 나보다는 마리나에게 더 필요하네.

다니엘 선생님, 마리나가 어느새 스테르페니크의 책을 몽땅 가져갔어요.

교수 그리 큰 손해도 아닐세. 그녀가 옳아. 그녀가 정말로 그 책을 통독했다면, 책을 가져가는 것으로 복수하는 정도는 애교로 봐줄 수도 있지. (그는 마리나가 처음에 앉았던 의자에 앉는다. 그는 여전히 클라인베팅겐의 책을 손에 쥐고 있다.)

다니엘 어쨌든 저는 마리나를 생각하면 창피합니다.

교수 자네가 잘못한 거네. 그녀가 말한 것은 사실이었네. 여자는 남자보다 더 추위를 못 견디네. 내가 만났던 여자 백 명 중 여든 명 정도는 발이 얼음장같이 차다는 걸 확인했네. 그렇다고 그 여자들이 그렇게 깡말랐던 것은 아니었네. 그러니까 입김 한 번만 불어도 날아갈 것같이 가녀린 자네 마리나를 볼 때, 나는 그녀의 두 발을, 오늘 밤 자네의 두 발이 닿게 될 그녀의 두 발을 생각한다네. 그리고 그녀 두 발의 체온이 분명 끔찍할 거라고 생각하네.

다니엘 정말 끔찍해요. 그런데 그녀는 아주 뻔뻔스럽더군요.

교수 그건 그래. 그녀에게 아주 어울리는 행동이었지. 그녀는 무례한 행동을 하면서도 당당해 보였어. 예쁜 여자를 실컷 봤으니 됐잖아. 솔직히 말해서 그녀가 스테르페니크의 책을 몽땅 가져갔다고 해도 아까울 것 없어.

다니엘 저는 선생님이 그렇게 너그러운 사람이라고 생각하지 않았는데요.

교수 난 너그러운 사람이 못 돼. 다만 자네 취향이 훌륭하다고 생각하지. 마리나는 작년의 여자 친구보다 더 매력적이야. 작년의 그 여자는 이름이 뭐였지, 그녀 말이야? 도저히 기억할 수가 없군.

다니엘 소냐였어요. 지난 6월 폭격에 죽었어요.

교수 자네가 8월의 고통스럽고 의례적인 결별을 피할 수 있었던 것은 바로 그 행복한 폭격 덕분이군.

다니엘 선생님, 야비하시군요. 소냐가 죽고 난 뒤로 저는 예전과는 달라졌어요.

교수 도대체 무슨 말을 하는 건가? 소냐가 6월에 죽지 않았다면, 자넨 여전히 그녀와 사랑에 빠져 있을 거라는 말인가? 지금, 12월에도? 믿지 못하겠군.

다니엘 아닙니다. 저는 지금 선생님께 바로 마리나에 대해서 말하고 있어요. 저는 8월이 되어도 그녀와 헤어지지 못할 것 같아요.

교수 아, 그럼 좀 더 일찍 헤어지려고 하나?

다니엘 저는 그녀와 헤어지지 않을 생각입니다. 그녀를 사랑하니까요.

교수 자넨 여태까지 만난 여자들을 다 사랑하지.

다니엘 맞습니다. 그러나 소냐가 죽은 뒤로, 저는 사람이 달라졌어요.

교수 (비웃는 듯한 태도로 어깨를 으쓱하면서 갑자기 일어선다.) 여보게, 다니엘, 자네는 전쟁 때문에 멜로드라마 주인공이 되었군. 파테르니스를 다시 읽는 것이 좋을 거네. 자네 애인이 그 책을 불태우기 전에 말이야. (그는 난로에 가까이 다가가더니 착잡한 듯이 애정 어린 눈길로 난로를 물끄러미 바라본다.) 난 그 여학생이 작은 자기 방에서 행운의 난로 앞에 무릎을 꿇고 천사 같은 미소를 지으며 스테르페니크의 책을 난로 속에 집어넣는 모습을 상상해……. 그 장면을 보지 못하는 게 아쉽네.

다니엘 선생님이 빈정거리는 것처럼 굳이 연기해 봤자 소용없어요. 선생님이 마리나 이야기를 할 때는 말할 수 없이 측은히 여기는 게 보여요. 마치 아버지가 딸에 대해서 말하듯이요.

교수 내가 아버지처럼 마리나를 측은히 여긴다고! 아주 웃기는군. 자네가 모르는 게 있지. 만일 그녀가 그렇게 예쁘지 않다면 그녀가 입을 열기도 전에 창밖으로 던져 버렸을 거라고! 내가 워낙 점잖은 사람이라서 그렇게 하지는 않을 거네. 더 이상 말하지 말게.

다니엘 왜 그렇게 끔찍한 이야기를 하세요, 왜 항상 꼭 그래야 합니까? 선생님은 전쟁 때문에 우리가 충분히 공포를 겪었다고 생각하지 않으시나요?

교수 나는 이번 전쟁을 겪으면서 마침내 통찰력을 갖고 싶다는 욕구가 생겼네. 자네도 날 본받으라고 하고 싶네. 왜냐하면 결국 자넨 나보다 더 관대하지 않기 때문이지. 만일 마리나가 그만큼 예쁘지 않았다면 자네는 그녀를 그렇게 보호해 주지 않았을 거네.

다니엘 그럴까요? 저는 그녀를 사랑해요. 제가 나쁜 자식인가요?

교수가 주머니에 손을 넣은 채 그를 향해 걸어간다.

교수 문학에서 흔히 그렇게 표현하지. 문학에선 모든 것이 언어의 선택과 어법에 달려 있지 않나. 만일 자네가 〈난 그녀를 사랑하기 때문에 그녀를 보호해요〉라고 말하면 사람들은 자네가 순수한 사람이라고 생각할 것이네. 물론 자네는 결코 이런 식으로 말하지 않을 테지. 예컨대, 〈웃을 때 그렇게 못생긴 여자들, 베르타, 안나, 스테파냐의 운명이 어떻게 되건 난 아무 상관 없어〉라고. 하지만 그것 또한 또 다른 진실이야. 어느 것을 선택하는가는 자네 몫이지. 어떻게 보면, 그 두 문장은 같은 뜻이거든.

다니엘 그만 하세요. (그는 토할 것 같은 자세로 앉아 있다가 몸을 앞으로 기울인다.) 지금 30분 동안 제 평생에 걸쳐서 들은 것보다 훨씬 더 잔인한 이야기를 들은 것 같군요.

교수 다니엘, 바로 그거지. 전쟁 말이야. (그가 이 말을 마치자마자, 마치 그에게 이성이라도 찾게 해주려는 것처럼, 멀리서 끔찍한 폭발음이 들려온다. 다니엘이 벌떡 일어서서 서가에 귀를 갖다 댄다.)

다니엘 구별하기가 어렵네요. 대학 쪽에서 난 것 같아요. 하지만 오래된 창고에서 나는 것 같기도 해요.

교수 확실히 창고에서 나는 것 같네. 전쟁을 일으킨 저 야만인들은 우리가 잡아먹는 짐승들과 다를 게 뭐가 있나.

다니엘 선생님 말씀이 맞기를 바라요.

교수 다니엘, 대학에서 폭발음이 들려오기는 했지만, 마리나는 아직 거기까지 가지 않았을 거네. 육상 선수가 아니니까 말이야. 자, 진정하고 와서 앉게나. (다니엘은 꼭두각시처럼 굳어진 자세로 가서 앉는다. 교수는 마리나가 앉았던 의자에 앉아 있다.) 각설하고, 자네가 사랑하는 여자 친구가 질문한 것은 아주 성스러운 질문이었네. 평소에 할 수 있는 진술은 다음과 같은 걸세. 〈무인도에 간다면 어떤 책을 가져갈 것입니까?〉 난 항상 이런 질문이 좀 어리석다고 생각하네. 말도 안 되기 때문이지. 그러나 그 질문을 거꾸로 한다면, 아주 중요한 질문이 되네. 이를테면 어떤 책이 없애기에 가장 손쉬울까? 전쟁이 일어나지 않았다면 나는 이러한 가정을 해보지도 않았을 거네. 그리고 만일 스테르페니크가 없었다면, 어떤 작가를 가장 먼저 선택해야 할지 곰곰이 생각했겠지.

다니엘 어떤 책을 선택할지는 선생님 서가에 있는 책을 기준으로 하신 거죠?

교수 물론이지. 내 서가는 정직한 인간의, 혁명가의 책들로 구성되어 있지. 자네는 어떤 책을 선택할 것인가? 자네 같으면 말일세.

다니엘은 일어난다. 서가를 훑어보면서 왔다 갔다 한다.

다니엘 어렵네요. 『움직이는 악』요. 항상 포스톨리의 작품 중에서 가장 형편없는 책이라는 생각이 들었어요. 하지만 그 사람의 나머지 책을 이해하는 데 없어서는 안 될 책이긴 해요. (그 책을 꺼내서 펼친다.) 자, 보세요, 난 첫 장부터 읽기 시작해요. 이미 난 이 책이 그렇게 나쁘다는 생각이 들지 않습니다. 어쩌면 이 책을 없애 버려야 한다는 것은 단순히 생각일 뿐이에요.

교수 자넨 정말 구제 불가능한 감상주의자야. 지금 자네 상태는 8월에 여자와 결별했을 때와 같군. 자넨 매해 7월 말이 되면 그 한 달 전부터 헤어지려는 여자에게서 수천의 매력을 찾기 시작했네. 하지만 헤어지는 여자 친구에게서 그렇게 많은 매력이 있다고 자네가 착각하는 것은 그녀와 헤어진다는 예상을 하고 있었기 때문이네. 다른 것은 아무것도 없네. 감상은 아닐 걸세. 난 자네가 처음 제안한, 포스톨리의 『움직이는 악』으로 하겠네. 자네 선택이 그다지 나쁜 것 같지는 않군.

다니엘 시험을 치르는 기분이네요.

교수 아주 특별한 시험이지. 소각 시험이라는. 여보게, 다니엘, 난 자네의 소각 교수라네. 대학에서 소각을 담당하고 있는…….

마리나가 뛰어 들어온다. 두 팔에 잔뜩 책을 안고서.

마리나 다니엘! 이제 대학 기숙사가 없어졌어. (그녀는 문 옆에 얼어붙은 듯이 서 있다. 두 남자가 일어선다.)

다니엘 벌써 거기 갔던 거야?

마리나 막 다녀왔어. 이제는 내가 머물 곳도 없어졌어.

교수 자, 그럼, 자네도 여기서 머물게나. 다니엘과 나와 함께 말이야. 자네 생활이 좀 편해지지 않겠나.

마리나 (불안한 마음으로 다니엘을 쳐다본다.) 정말요?

교수 물론 괜찮지. 이게 이른바 가족 재결합 규정이 아니겠나. 전쟁이 일어나기 전 정부가 선호하던 사회 규칙 중의 하나일세.

마리나 다니엘, 괜찮겠어?

교수 혁신이라는 게 무엇이겠나? 남자에게 그런 질문을 던져도 되나? 다니엘에게 그걸 물어서는 안 되지. 바로 나에게 물어봐야 하는 거야. 전쟁이 일어났건 일어나지 않았건, 난 지금 여기 내 집에 있어. 더구나 자네가 다니엘의 연인이어서가 아니라 전쟁의 희생자이기 때문에 내 집에 받아들이려고 하는 거야.

마리나 (낮은 목소리로) 다니엘, 자기가 거북하다면, 다른 곳에 갈게.

교수 (시선을 허공에 대고) 어쩌면 이렇게 생각이 모

자라지!

다니엘 마리나, 거북하기는. 전혀 아냐. 네가 나와 함께 이곳에서 살게 되면 기쁘지.

교수 이런, 다들 멍청하기 짝이 없군. 적어도 이 상황에서 얻는 게 더 많을 텐데.

마리나 (당돌하게) 선생님은, 이익을 따질 생각 때문인가요?

교수 아연실색하겠네. 연인에게 말할 때는 바보처럼 어리석게 굴면서, 나에게 말할 때는 교활해지는군.

다니엘 (웃으면서 마리나를 두 팔로 껴안는다.) 선생님, 이제 필요한 결론을 말해 보시죠.

교수 그러지. 마리나는 다니엘과 같은 침대에서 자면 되겠군. 방에 침대가 하나씩 있어.

마리나 잘됐군요. 그만큼 더 따뜻하겠군요.

교수 다니엘, 잘 알아들었지. 그녀가 사랑하는 건 자네가 아니라 자네 체온이라네.

마리나 (다니엘의 팔을 빼면서 교수를 향해 간다.) 선생님, 우리끼리는 전쟁을 하지 마요, 네? 바깥에서 이미 저렇게 충분히 전쟁을 치르고 있잖아요.

교수 (빈정거리듯 웃음 지으며 그녀를 바라보면서) 난 단 한 가지 조건에서만 평화를 받아들이지. 자네가 나에게 스테르페니크를 돌려주는 조건에서라면 말이야.

마리나 (좀 망설이다가 그에게 책들을 돌려준다.) 좋아요.

교수가 그 책을 받더니 난로 쪽으로 간다.

교수 왜냐하면 말이야, 불에 던지는 특권을 나 아닌 다른 누구에게도 넘겨주지 않을 거니까. (그는 난로 뚜껑을 연다.)

같은 방. 구석에 있는 서가 선반의 절반이 비어 있다. 모포로 온몸을 감싼 마리나가 혼자 의자에 앉아 있다. 그녀는 당황한 표정으로 책을 뒤적인다. 교수가 들어온다. 그의 외투도, 모피 모자도 눈으로 덮여 있다.

교수 (외투와 모자를 벗으며) 내가 어렸을 때는 눈을 좋아했다는데! (그는 문 가까이에 자신의 낡은 옷을 건다. 마리나는 계속 책을 읽고 있다. 그가 그녀를 바라본다.) 가정의 기쁨과 달콤함이여. 여인은 남자가 돌아오기를 기다리면서 글을 읽고 있네. 마리나, 그대는 몸무게가 20킬로그램쯤 늘어나고 아주 마음 편한 모습으로 있으리니. (그녀는 여전히 아무 반응도 보이지 않는다.) 여인은 일어나서 행복한 비명을 지르며 남자를 맞이하네.

마리나 (마침내 그의 존재를 깨달은 듯이) 선생님, 뭐라고 말씀하셨죠?

교수 오, 아무것도. 내가 꿈을 꾸고 있었네. (그는 다른 의자에 가서 앉는다. 궂은 날씨 때문에 그는 완전히 지치고 말았다.) 마리나, 무슨 책을 읽고 있나?

마리나 (그를 쳐다보지도 않고) 『예언자의 갑옷』요.

교수 소를로프의 작품을 읽고 있다니! 자네가 그렇게 교양에 목말라 하다니 놀랍군.

마리나 저를 비웃으시는 건가요?

교수 전혀. 폭격이 쏟아지는데도, 비쩍 말라서 추위에 떨고 있는 한 젊은 여자가 어려운 작가의 작품을 읽기로 결정했다니, 그게 진심으로 놀랍다는 거네.

마리나 (마침내 그를 바라보며, 아주 상냥하게) 선생님, 제가 굳이 어려운 작가의 작품을 골라서 이해하려고 읽는 게 아니에요. 지금 제가 무엇을 하고 있는지 아시나요? 저는 문장 하나하나를 천천히 신중하게 읽고 있어요. 그 문장 하나하나를 읽으며 혼자 물어보곤 합니다. 〈이 주제에, 이 동사에, 이 보어에, 이 부사에, 난로 한가운데서 아름다운 불꽃으로 탈 만한 무엇이 있는가? 이 문장의 깊은 (또는 그렇게 상정된) 의미는 이 방에서 온도 1도를 올리는 것보다 더 필요한 것인가?〉 보세요, 제가 선생님께 눈에 들어오는 대로 문장을 하나 읽어 드리지요. 〈침묵이 이처럼 수상쩍었던 것은 오래전이었다.〉 저는 이 문장에 대해서 비판할 게 아무것도 없어요. 문장이 담고 있는 심오한 의미가 어디에 있는지 압니다. 그렇지만 저는 이런 의문이 드는군요. 이 수상쩍은 침묵이 어떤 점에서 1분 이상의 열기보다 더 가치가 있는가 하고.

교수 자네는 아주 잘 알고 있군. 그 문맥에서 뽑아낸 문장이 전혀 이용 가치가 없다는 것을.

마리나 저는 그 문맥에 문장을 도로 넣을 준비가 되어 있어요. 〈에밀은 어머니가 하소연하는 소리를 들었다. 그는 어머니가 다시 침대에 누우시도록 도와 드렸다. 그러고 나서 그 불쌍한 여인이 잠들기를 기다리면서 옆에서 신문을 읽고 있는 중이었다.〉 저는 어머니의 고통을 그저 지켜볼 수밖에 없는 그의 무력감을 이해해요. 그래서 침묵이 그에게 어떤 점에서 수상쩍게 생각되는지 알아요. 하지만 그게 어떻게 적어도 1분 이상 따뜻해지는 것만큼 중요한지 끝내 모르겠군요.

교수 마리나, 자네는 문장에서 문체를 잊고 있군.

마리나 잊을 리가 있겠어요. 저는 계속 〈휘파람 소리〉 같은 발음이 침묵을 훨씬 더 수상쩍게 만드는 그런 면을 갖고 있다는 것을 확인했어요. 〈당신 머리 위에서 휘파람 소리를 내는 이 뱀들은 누구 때문에 있는 거죠?〉 브라보, 소를로프. 계속해서 같은 음이 반복되는 그 두운법이 추위 때문에 죽을지도 모른다는 사실을 잊게 하지는 않아요.

교수 어떤 글을 읽어도, 어떤 문체라도, 자네가 추위를 잊을 수는 없을 거야. 하지만 자네가 읽은 그 이야기의 무대는 완전한 폐허야. 최근에 일어나 한창 진행 중인 전쟁이 무대지. 특히 이번 전쟁을 통해서 우리는 희망이 없다는 것을 확실히 알았네. 그러니 자넨 무엇에 관심을 가져야 하는지 알 거네.

마리나 물론이죠. 내가 관심을 갖는 것은 희망에 가득 찬 멋진 메시지예요. 그러나 그 희망의 멋진 메시지로도 내가 따뜻해지지 않는다는 사실은 분명해요.

교수 그러니까, 마리나, 문학의 목적은 그대를 따뜻하게 해주는 게 아니라네.

마리나 아, 그래요? (그녀는 화가 나서 책을 바닥에 던진다.) 어쨌든 저는 문학 따위에는 관심 없어요.

교수 형편없이 어리고 못난 학생이군.

마리나 (상냥하게) 제가 이렇게 극심한 고통을 겪지만, 문학이 무엇을 해줄 수 있죠? 아무것도 없잖아요. 왜 문학 따위를 소중히 다루어야 하는지 그 이유를 모르겠어요.

교수 마리나, 자넨 진짜 추위에 떠는 가련한 짐승이 됐군.

마리나 그래요. 저는 짐승 같은 삶을 살고 있어요.

교수 짐승도 영원히 살지는 않아. 유한한 존재야. 하지만 이 책은 영원해. 만일 책을 불태운다면, 불꽃은 겨우 2분 정도 살아 있을 뿐이네.

마리나 어떻게 영원을 바랄 수 있어요?

교수 영원, 대단한 거지.

마리나 어째서요?

교수 오래가니까.

마리나 선생님은 결국 영원이라는 것 한 가지를 알아내기 위해서 열다섯 편의 논문을 썼다는 거군요!

교수 열다섯 편의 논문을 썼다고 해서 영원이란 게 무엇인지 이해했다고 할 수는 없어. 영원에 대한 감각이 있는 사람이 있고 또 없는 사람도 있어. 그건 타고나는 거야. 자네에게 그 감각이 없다는 것은 분명해. 아니면 예전에 있었다고 해도 이제 더 이상 없다는 게 말이야.

마리나 언젠가 제가 그런 감각이 있었는지 모르지만, 선생님, 지금 저는 추워요. 영원이라는 단어는 2분 동안의 열기 앞에서 아무런 의미가 없어요.

교수 당연하지! 그런데 자넨 지금 몇 시간 동안 움직이지 않고 있잖아! 추울 땐 움직여야 해, 마구 움직여야 한다고!

마리나 (움직이지 않고) 참 좋은 생각이군요! 제가 어떤 몸짓을 해야 한다고 생각하시는지요? 예컨대, 길거리에 나가서 산책이라도 한바탕 할까요? 거리는 여기보다 더 춥고 총알이 날아다녀요. 그러다가 운 나쁘게 총알에 맞을 수도 있어요. 생생한 삶의 현장이죠.

교수 산책만이 있는 게 아니야. 실내에서도 움직일 수 있어. 춤을 출 수도 있고. 더구나 자네 나이라면.

마리나 춤을 추다니요, 혼자서 음악도 없이!

교수 못 할 것도 없지. 혼자서 할 수 있는 최고의 안무일 거야. 서양에서도 자네 춤에 열광할걸.

마리나 영원을 넘어선 서양을 떠올리고 계시군요. 존재하지 않는 그 무엇을 말하는 재주가 뛰어나시군요.

교수 마리나, 놀랍군. 사전에 이걸 올리자고 제안해야겠어. 〈서양, 존재하지 않는 그 무엇. 영원을 볼 것.〉 영원은 통통한 활자로 써 있을 거야. 오, 미안하네.

마리나 왜 미안하다고 하시죠?

교수 자네 앞에서, 통통한 것에 대해서 말하다니……. 이건 악취미야. 사막에서 폭포 이야기를 하는 것과 같군.

마리나 (의기양양하게) 제가 살찌고 싶은 줄 아시나 본데, 천만에요. 저는 항상 살찌는 게 싫었어요. 저는요, 불이 있으면 좋겠어요. 불꽃을 원해요. 그게 활활 타오르기를 원해요!

교수 마리나, 오늘 저녁이 될 때까지 기다려야 할 거

야. 규칙을 정한 건 바로 너야. 하루에 한 번씩 잠들기 전에 한 시간만 불을 피우기로 말이야.

마리나 알아요. 하지만 이제 겨우 오후 세 시예요. 더는 기다릴 수가 없어요. (그녀는 의자 위에 앉아서 무릎을 구부리고 절망한 몸짓으로 두 팔로 무릎을 감싸 안는다. 교수는 연민을 갖고 그녀를 쳐다본다.)

교수 절망하고 있다고 해서 따뜻해지지는 않아. 움직여야 해. 마리나, 움직여.

마리나 무엇을 위해서 움직이죠? 이렇게 움직이라고요? 상대도 없이? 움직이기 위해서 움직이라고요?

교수 바로 그렇지! 목적은 자네를 따뜻하게 하려는 거야. 그러니 어떤 동작이든 상관없어.

마리나 (무기력하게) 모르겠어요. 인간 본성에는 목적 없이 움직인다는 것은 없어요.

교수 뭐라고? 인간 본성이라고?

마리나 사람들이 갖고 있는 거죠.

교수 훌륭해. 수학과 학과장이 생각나는군. 누군가 그에게 이렇게 물었지. 〈선생님, 수학을 정의할 수 있습니까?〉 그랬더니 그가 이렇게 대답했다네. 〈그거야, 수

학자들이 내리는 거지.〉

마리나 맙소사, 아주 훌륭한 대답이군요.

교수 사람들이 하는 게 무엇이지? 마리나.

마리나 전쟁을 하죠. 전쟁은 인간 본성이에요.

교수 준엄한 진리지. 여자는, 여자는 무엇을 하지?

마리나 남자와 똑같은 것을 하죠.

교수 자네가 전쟁을 일으켰나, 자네가?

마리나 우리 모두가 전쟁을 일으켰죠, 선생님.

교수 마리나, 자네 전쟁은 어떤 것인가?

마리나 제가 겪는 전쟁은 최악이죠. 고통 그 자체예요. 치명적이죠. 저의 전쟁은 영웅심을 행사할 기회도 전혀 남겨 주지 않아요. 저의 적은 추위예요. 베르나노스[2]의 작품을 읽으신 적이 있나요?

교수 내가 얼마나 알고 있는지 검사라도 하겠다는 건가? 나는 프랑스 문학을 가르치지 않았지만, 베르나노스를 읽긴 읽었지. 맞아. 왜?

마리나 그는 이 세상에서 가장 위대한 진리를 썼죠.

2 Bernanos(1888~1948). 프랑스의 20세기 대표적인 가톨릭 작가이자 사상가.

단 하나의 문장으로 요약되는 거죠. 〈지옥은 바로 추위다.〉

교수 맞아. 그가 자네가 말한 것과 같은 의미로 그렇게 말했다고 생각하지는 않아.

마리나 별로 중요치 않아요. 그 문장은 모든 의미에서 진리예요. 값지진 않지만, 평범한 진리예요. 저는 값진 진리를 더는 견디지 못하겠어요. 지옥, 그건 냉기예요. 그러니, 전 지옥에 있어요. 다른 것은 말할 게 아무것도 없어요.

교수 (분명하게) 해야 할 다른 게 있네. 마리나, 움직여 봐. (그녀는 두 팔로 무릎을 안고 움직이지 않는다.) 꼭 움직일 이유가 필요하다면 자네는 백 가지라도 찾을 수 있어. 이 방이 얼마나 더러운지 보라고. 빗자루와 걸레를 가져오게나. 그걸로 내 방도 깨끗이 해주게.

마리나 그래서요, 또 뭐죠? 전 선생님 방이나 청소하는 하녀가 아니에요!

교수 물론 아니지! 자네가 필요할 것 같아서, 구실을 만들어 주려고 그러는 것뿐이야.

마리나 선생님에게 필요한 구실이겠죠.

교수 내가 말하는 문제는 그게 아니야. 자넨 가난한 사람들처럼 반응하는군. 가난한 사람이 자존심을 내세워 봤자 이익이 될까? 자존심을 세워 놓고도 그 희생물이 되지.

마리나 당연하죠. 전 언제나 가난했으니까요.

교수 가난한 사람들이 추위로 고생할 때는, 그렇게 움직이지 않고 의자에 꼼짝 않고 앉아 있나?

마리나 물론이죠. 움직일 힘이 있으려면 부자가 되어야 해요. 가난한 사람들이 추울 때는 참새처럼 움직여요. 마치 자신의 열기 속에 숨으려는 듯이 침대에 들어가 꼼짝하지 않죠.

교수 깃을 세워 열을 뺏기지 않으려고 하는 사람치고 자네는 너무 말라 보이는군.

마리나 저는 이제 제 몸을 따뜻하게 해줄 다른 게 없기 때문이에요.

교수 (갑자기 일어서면서) 맞아. 그렇다고 수도승처럼 가만히 있을 수는 없지. 자네에게는 어울리지도 않아. (그녀에게 가더니 그녀를 잡으려고 손을 뻗는다.) 이리 오게.

마리나 (꼼짝도 않고) 어디로요?

교수 자넨 혼자서 춤추고 싶지 않다고 했잖나. 그러니, 나와 함께 춤을 추게나.

마리나 우스꽝스럽군요.

교수 그렇게 말해 주니 고맙군.

마리나 음악이 없잖아요.

교수 전시에는 전시에 맞도록! 자, 이리 와요!

그는 그녀의 팔을 잡고 의자에서 일으킨다. 그들은 거의 싸우는 것처럼 보인다. 그녀는 마치 몸이 무겁다는 듯이 천천히 일어난다. 어쨌든 그는 간신히 그녀를 일으켜서 껴안는다. 그리고 마치 탱고를 추려는 듯이 그녀를 잡는다. 그녀는 악쓰며 발버둥 친다. 권투하듯 탱고를 추면서 방 안을 가로질러 그녀를 끌고 다닌다. 그들이 몸싸움을 하면서 전혀 소리를 내지 않는 만큼 투쟁하는 듯한 인상은 더욱더 강렬하다. 마침내 마리나가 겨우 빠져나와서 방의 다른 쪽으로 달아난다. 거기서 그녀는 움직이지 않고 몹시 화난 듯 교수와 마주하고 있다.

교수 (웃음을 터뜨리면서) 자, 이제 보니, 확실히 알겠군. 이제 자네가 덜 춥다는 걸.

마리나 (격분해서) 부끄럽지도 않으세요?

교수 전혀, 그 반대지. 자네를 따뜻하게 해주었으니 말이야.

마리나 선생님은 저를 따뜻하게 해주지 못했어요. 오히려 저를 얼어붙게 했다고요. 우스운 것은 오히려 춥게 만들었다는 거라고요.

교수 우스운 것은 자네야. 나하고 노는 동안에 자넨 어떤 역할을 맡았지? 겁에 질린 숫처녀 역할? 어떻게 내가 이렇게 아름다운 자네의 작은 몸매를 더럽히겠나?

마리나는 아무 말 하지 않고 몸을 돌리더니 의자에 앉는다. 교수에게는 계속 부담스러운 시선을 주며. 그녀는 다시 공처럼 몸을 둥글게 한다. 그녀는 두 팔로 무릎을 감싸 안는다. 의자 위에 두 발을 올린다.

교수 내가 자네를 원한다고 생각하나? (침묵) 실망시켜서 미안하네. 나는 전혀 자넬 원하지 않아. (침묵.

그는 돌아가서 앉는다.) 자네는 너무 말라서 욕망을 일으키지 않아.

마리나 (아주 공손하게) 선생님, 누가 선생님께 욕망에 대해서 말했나요?

교수 (느닷없이 과장해서) 자네도 잘 알고 있어. 한 공간 안에 여자와 남자가 머리를 맞대고 있으면, 곧바로 사람들은 오로지 그것만을 생각한다는 걸.

마리나 (여전히 아주 공손하게) 사람들요? 사람들은 아무 말도 하지 않았어요. 그 이유로는, 선생님과 저를 제외하고는 아무도 없기 때문이죠. 욕망에 대해 말한 사람은 바로 선생님이에요.

교수 (한숨을 쉬며 일어서면서) 오, 좋아, 마리나. 상황이 이렇다고 우리 서로 으르렁거리지 마세. (그는 책꽂이 쪽으로 가 그녀에게 등을 돌린다.)

마리나 이 상황에서 무얼 어떻게 해야 할지 정말 모르겠어요.

교수 (책들을 바라보면서) 바로 그거야. 순진한 척해요. 자네 같은 미모와 어울리지. (그녀는 어깨를 으쓱해 보인다. 그녀는 일어나서 자기가 바닥에 던진 책을 줍

더니, 난로 쪽으로 가, 그 앞에 무릎 꿇고 앉는다. 그녀는 성냥을 찾는다. 분명 그녀는 굳이 감추려 하지 않고 움직인다. 교수는 고개를 돌려 그녀를 바라본다.) 도대체 자네는 무슨 짓을 하려는 거지? (그녀는 아무 대답도 하지 않고, 성냥을 찾는다. 그리고 책 찢을 준비를 한다. 교수가 그녀에게 달려들더니 책을 빼앗는다.) 자네, 미쳤군?

마리나 (단호하게) 저는 추워요. (여전히 무릎을 꿇고 있다.)

교수 사람들도 알게 될 거야.

마리나 (단호하게) 아니에요. 아무도 몰라요. 알고 있다면, 추운 것이 얼마나 끔찍한지 알고 있다면, 사람들이 이미 저를 따뜻하게 해주러 왔어야 해요. 만일 선생님이 제가 어떻게 참고 있는지 조금이라도 짐작했다면, 당장에 갖고 계신 책을 몽땅 불태웠을 거라고요. 선생님은 모르기 때문에 그럴 수 없죠. 누구든 알 리가 없죠. 아무도 알 수 없어요. 내가 얼마나 고통받는지 안다면 어느 누구도 그렇게 고통받도록 내버려 두지 않을 거예요.

교수 자네 혼자만 고통받고 있다고 생각하나?

마리나 그건 잘 모르겠어요. 하지만 저에겐 별로 중요하지 않아요. 저는 끔찍한 지옥에 있다고요! (여전히 무릎을 꿇고, 그녀는 손바닥으로 바닥을 치며 소리친다.) 지옥에 있다고요! 지옥에 있다고요! 지옥에 있다고요! 나는 지옥에 있다고요!

교수 (그녀에게 달려들어, 그녀 뒤에 무릎을 꿇고 앉아서, 그녀의 머리를 붙잡고, 두 손으로 그녀의 입을 틀어막는다.) 이제 제발 그만 하게. 진정 좀 하게. (그녀는 발버둥 친다. 앞으로 고꾸라지듯 쓰러진다. 그가 그녀를 덮치듯 달려든다. 그러자 그녀의 입은 그의 손아귀에서 벗어난다.)

마리나 (숨이 막히는 듯한 목소리로) 왜 마음대로 소리도 치지 못하죠? 어쨌든, 제 말을 들어줄 사람도 없군요.

교수 (여전히 그녀 위에서) 바로 그거야. 아무도 자네 말을 듣지 않기 때문이야.

마리나 그러니까 아무에게도 방해가 되지 않잖아요.

교수 내가 방해받고 있지. 바로 내가.

마리나 왜요? 제가 소리 지른다고 해서 선생님께 방해될 게 뭐가 있어요?

교수 (다시 몸을 일으키며, 일어나서 그녀를 자유롭게 놔준다. 그녀는 여전히 바닥에 주저앉아 있다.) 나는 여자들이 그렇게 신경질적으로 소리를 지르면 무서워.

마리나 (역겹다는 듯이 웃으면서) 불쌍한 양반이군! 미친 여자가 외치는 소리를 견딜 수밖에 없다니! (그녀는 다시 바닥에 엎드려서 웃는다.) 선생님의 운명이 얼마나 가련한지! (그녀의 웃음소리는 아주 빠르게 발작적인 흐느낌으로 변해 간다.)

교수 (여전히 서서, 멸시하는 태도로 마리나를 바라보면서) 이제 보니, 울고 있군. 운다고 해서 무슨 뾰족한 수가 생기나?

마리나 울면 울수록 눈물이 나죠. (그녀는 흐느낀다. 그러고 나서 차츰 안정을 찾더니, 주저앉는다. 눈물이 그녀의 두 뺨 위로 흘러내린다.) 그리고 울면 눈물이 따뜻해서 따뜻해져요. 선생님, 눈물은 언제나 따뜻해요. 그걸 모르셨나요? (그녀는 지금은 아주 상냥하게 말한다. 눈물을 검사라도 하려는 듯이 손에 담긴 눈물을 자세히 쳐다본다.) 참, 이상하죠. 왜 눈물이 따뜻할까요? 이 온기는 어디서 생기는 거죠? 이 온기는 단지 제 몸에서 나온 것일 뿐인데요. 그렇지만 저에게는 모든 게 차갑게 느껴져요. 도대체 무슨 이유로 신께서는 눈물을 따뜻하게 만든 것일까요?

교수 (앉아 있다.) 형이상학에 완전히 빠져 있군. 왜 신이 눈물이 따뜻하기를 바랐겠나?

마리나 (공손하게) 저는 선생님과 신에 대해서 말하고 싶지 않아요. 그러나 눈물이 따뜻해서 좋아요. 좋아요! 전쟁이 일어나기 전에 뜨거운 물에 샤워했던 생각이 나요. 욕실에 김이 서리게 했던 그 샤워 말이에요! 김이 모락모락 나는 샤워를 할 수만 있다면, 저는 몽땅, 모든 것을, 그리고 그보다 더 많이 드릴 수 있을 거예요.

교수 〈모든 것을, 그리고 그보다 더 많이〉라. 마리나, 자네가 줄 게 무엇인지 생각해 봐야겠군. 자네가 입고 있는 옷을 빼고는, 가진 게 아무것도 없지 않은가. 도대체 누가 자네가 입은 옷을 바라겠는가?

마리나 (몸을 떨며) 전 무슨 일 있어도 옷 벗을 생각 없어요!

교수 잘됐군. 누구도 자네에게 옷을 벗으라고 하지 않네.

마리나 선생님은 왜 그렇게 저한테 엄격하게 말씀하세요?

교수 (일어서서 그녀에게 다가간다. 그녀의 두 손을 잡는다. 그리고 자기 손으로 그녀의 손을 감싸 쥐면서 아주 부드럽게 그녀를 일으킨다.) 난 자네에게 엄격하게 구는 게 아니네. 나는 그저 사려 깊게 행동하라는 말이네.

마리나 (웃으면서) 시내에 가보면 사려 깊게 행동하는 야만인들이 많이 있잖아요.

교수 마리나, 그건 곤란하지. (그는 여전히 그녀의 두 손을 잡고 있다. 이 광경은 매우 따뜻하다.)

마리나 선생님, 어째서 죽지 않는 거죠?

교수 죽는다는 게 쉬운 일은 아니지.

마리나 그건 그래요. 죽고 싶어 하는 사람들이 어떻게 하는지 아세요? 그 사람들은 가장 아름다운 옷을 입고 광장 한복판으로 산책하러 가요. 보란 듯이 말이에요. 야만인들이 자기들을 죽일 때까지.

교수 마리나, 자네한테는 아름다운 옷이 없지.

마리나 (웃음을 띠고) 그런 사소한 문제로 야만인들이 죽일 사람을 죽이지 않을 리가 없죠.

교수 하지만, 나 같으면 좀 거슬릴걸.

마리나 (웃음을 터뜨리면서) 제가 형편없이 초라한 옷을 입고 죽는 게 오히려 선생님께 거슬리나요?

교수 자네가 죽는다는 게 난 안타깝네.

마리나 왜요? 당신의 소중한 책들을 더 이상 불태울 필요도 없을걸요. 선생님의 생활도 마침내 평온해질 거라고요.

교수 마리나, 난 자네를 아주 좋아해.

마리나 만일 저를 좋아하신다면, 제 기분이 더 좋아지기를 분명 바라시겠죠.

교수 나는 자네 속셈을 알고 있네. 난 자네가 기분이 더욱 좋아지기를 바라고 있어. 그러나 만일 내가 그 책들을 몽땅 불태워 없앤다면, 내일은 무엇으로 우리가 불을 지필 수 있을까?

마리나 (확실한 사실이라는 듯이) 내일 우리는 죽을 거예요.

교수 그건 분명하지 않네.

마리나 그런 가능성이 존재한다는 것만으로 충분치 않나요?

교수 아니.

마리나 저는 충분하다고 생각해요. 오늘 밤 우리가 폭격을 맞아서 죽는다는 걸 상상해 보세요. 책들은 우리와 동시에 없어질 겁니다, 헛되이. 책을 그렇게 없애다니 얼마나 큰 낭비예요!

교수 오늘 밤 폭탄이 전혀 떨어지지 않아서 우리가 죽지 않는다는 걸 상상해 보게나. 그리고 책을 몽땅 불태워서 내일 우리에게 한 권도 남아 있지 않다는 걸 상상해 보게나. 그건 끔찍하지 않은가?

마리나 아니요. 우선 아주 아름다운 불꽃이 있을 것이기 때문이에요. 그리고 적어도 두 시간 동안 온기가 있을 것이기 때문이죠. 그다음에, 죽는다는 생각에 저는 전혀 아무런 집착도 없을 겁니다. 그래요, 제가 이곳에서 살기 시작한 뒤로, 저를 미치게 하는 것은 마지막 책이 불타기도 전에 누군가 저를 죽일 수도 있다는 거예요.

교수 그러니만큼 내가 책들을 아끼는 것은 더더욱 당연해. 마리나, 난 자네가 자살하기를 바라지 않네. 이제야 깨달았네. 우리가 마지막 책을 불태우고 나면, 자넨 저 광장으로 산책하러 가리라는 걸.

마리나 어째서 제 삶이, 제 목숨이 선생님에게 필요한 거죠?

교수 자네 삶이 필요한 건 자네야.

마리나 무엇을 위해서죠? 제가 무엇을 하며 하루하루를 보내는지 선생님은 잘 아시잖아요. 분명히 말씀드리지만, 이런 추위 속에서 저는 아무 일도 할 수 없을 거예요.

교수 마리나, 전쟁이 언젠가 끝나리라는 가정을 완전히 배제할 수 없고 그 순간에 자네가 살아 있을 가능성을 배제할 수는 없어. 가능성이 아주 희박하다는 것은 인정해. 그러나, 자네 식대로 말하자면, 그러한 가능성이 존재한다는 것으로 충분하지 않나?

마리나 저도 그렇게 생각해요.

교수 그래?

마리나 전 항상 따뜻해지려 하겠죠. 그러나 결코 아무것도 할 게 없을 거예요. 이 전쟁 때문에, 그게 무엇이든 미래를 설계하고 싶은 마음이 전혀 없어요. 제가 꿈꾸는 게 있다면, 오로지 온기입니다. 삶이 아니에요. 제가 진정으로 필요로 하는 것이 무언지 아는데, 어떻게 삶에 집착할 수 있을까요?

교수 삶의 진정한 본질이라! 마치 자넨 삶을 다 알고 있다는 듯이 말하는군.

마리나 선생님, 하지만, 저는 따뜻해지는 걸 제외하곤 아무것도 바라는 게 없어요.

교수 지금이야 물론 그렇겠지. 그러나 자네가 따뜻해지면 다른 걸, 또 다른 걸 수천 가지는 바랄 거야. 그걸 흔히 욕구의 순위라고 하지.

마리나 제 인생에서 도대체 무엇을 할 수 있는지 제발 좀 말해 주세요.

교수 자넨 학업을 마치겠지.

마리나 (웃으면서) 대단하군요.

교수 결혼을 할 테고 아이를 가지겠지.

마리나 점입가경이군요.

교수 여자들은 모두 그렇게 살고 있어.

마리나 (웃으면서) 정말 말도 안 되는 말씀만 하시는 군요!

교수 그렇다면 무엇을 하고 싶은가? 자네가 다른 사람들과 다르다고 생각하나?

마리나 아무 생각 없어요. 하나, 이 전쟁이 끝난 뒤에도 여자들이 여전히 아이를 낳고 싶어 할지 상상할 수 없군요.

교수 나중 일은 모르잖나? 지금 그런 말을 한다 해도 아무 의미 없지. 전쟁이 일어나기 전에, 자네 야망은 뭐였나?

마리나 사랑하는 거였죠.

교수 자네가 행복하게 살기를 바라네. 그래서 다니엘과 사랑에 빠졌군.

마리나 (쓰디쓴 웃음을 지으며) 할렐루야!

교수 자네는 아이를 낳고 싶어 했지, 그렇지?

마리나 그걸 도저히 기억할 수가 없어요. 전쟁이 일어나기 전에 제가 무엇을 원했는지 별로 중요하지도 않아요. 한 가지 사실만은 확실하죠. 이제 더 이상 전쟁 전의 제가 결코 될 수 없다는 것.

교수 알 수 없지.

마리나 (충격을 받은 듯) 확실해요! 누구라도 다시 예전으로 돌아간다면 몹시 불쾌할 겁니다.

교수 어쨌든 그럴 수 있지. 그게 바로 전쟁을 겪고 난 뒤에 언제나 일어나는 것이지.

마리나 제가 살아 있지 않을 수도 있어요. 그렇게 된다면 얼마나 마음이 아플까요.

교수 말도 안 돼. 지금 자네가 스무 살인 데다 마르고 건강이 나쁘니까 그렇게 말하는 거야. 자네가 포동포동한 중년 부인이라면 모든 게 아주 잘될 거라고 생각할걸?

마리나 (교수 손에서 자기 손을 빼며 180도 정도 돌아선다.) 도대체 무슨 말씀이신지……. 끔찍해요.

교수 이보게. 그게 바로 삶이라고 하는 거야.

마리나 그게 삶이라면 저는 아예 알고 싶지 않아요.

교수 (그녀 등 뒤로 다가서며 뒤에서 그녀를 얼싸안는다.) 아니야. 자넨 알고 싶어 할걸.

마리나 차라리 죽어 버리겠어요. (교수는 그녀의 목에 자기 입술을 갖다 댄다.) 안 돼요. (지친 목소리로,

과장되지는 않게. 교수는 계속한다.) 안 돼요, 안 돼요. (그녀는 빠져나온다. 반항이라기보다는 필사적인 몸부림이다.)

교수 왜 안 된다는 거지?

마리나 당신을 사랑하지 않기 때문이에요. (토라진 어린 소녀 같다.)

교수 누가 지금 사랑에 대해서 말하는 건가?

마리나 제가 말하고 있잖아요. 저는 다니엘과 사랑하는 사이니까요.

교수 그건 거짓말이야. 만일 자네가 다니엘과 정말로 사랑에 빠졌다면 살고 싶어 할 걸세.

마리나 (매우 흥미 있다는 태도로 교수를 향해 돌아서면서) 선생님이 사랑에 대해 아는 것이 있다는 말씀인가요?

교수 자네는?

마리나 저는 사랑이 무엇인지 알고 있다고 확신해요.

교수 (단조로운 목소리로 그녀의 목소리를 흉내 내면서) 〈저는 사랑이 무엇인지 알고 있다고 확신해요.〉 자네 나이 또래의 말괄량이처럼 자네도 잘난 척을 하는군. 자네가 그렇게 애처로워 보이기에 망정이지, 아니었다면 엄청 기괴한 사람처럼 보였을지도 몰라. (그는 그녀에게 다가가고, 그녀는 뒷걸음질을 친다.)

마리나 저는 너무 말라서 남자들이 좋아하지 않을 거라고 생각했어요.

교수 사실 그래. 이상하게도, 난 자네에게 더 이상 그걸 바라는 건 아냐.

마리나 저도 마찬가지예요. 당신을 원하지 않아요.

교수 자네가 내 두 팔에 안기면 더는 그런 말 못 할 걸.

마리나 저는 당신에게 안기고 싶지 않아요.

교수 전쟁이 자네에게 가장 힘센 자의 권리를 아직 가르쳐 주지 않았나? 자넨 내 집에 있고, 밖으로 나가기에는 너무 춥다네. 자네는 빠져나갈 구멍이 없다는 걸 아주 잘 알고 있네. (지금까지 그가 앞으로 나가면 그녀는 뒤로 물러서고 있었다. 순간 그녀가 멈추어 섰다.)

마리나 좋아요. 결국, 거절하는 게 잘못된 거군요. 몸을 따뜻하게 하기 위해서 이보다 더 나은 것은 없어요.

교수 그래서 이제 자네는 뻔뻔스럽게 사랑에 빠졌다고 주장하는군. (웃는다.)

마리나 저는 사랑에 빠져 있어요. 선생님이 저에게 어떻게 하든 아무 상관이 없어요.

교수 바로 그거야. (높고 날카로운 목소리로) 〈선생님께서는 제 육체를 가지실지 모르겠으나, 제 영혼은 갖지 못하실 겁니다〉 아닌가?

마리나 선생님이 무엇을 가지실지 아무 상관 없어요. 저는 따뜻해지겠죠. 중요한 건 그거예요. (그녀는 살금살금 그를 향해 앞으로 간다.) 선생님 몸의 열기를 느낄 수 있기에 두 팔에 안기는 것이 기다려지네요. 저를 꾀려는 건 선생님이 아니에요. 바로 제가 선생님을 꼬드기는 거라고요.

교수 (너털웃음을 터뜨리며) 자네가 나를 꼬드기려 했다고? 어떻게 그런 생각을 하게 되었지?

마리나 (여전히 아주 살금살금 교수에게 다가간다. 교수는 거의 눈치 채지 못할 정도로 뒷걸음질 친다.) 시키는 대로 할게요. (아무 감정이 실리지 않은 냉정한 목소리로, 그러나 전혀 공격적이지 않게) 이제 아실 거예요. 선생님이 저를 안는 순간부터 저를 좋아하실걸요.

정말로 그럴 거예요. (말로는 표현할 수 없는 웃음을 지으며) 그러나 선생님이 생각한 그런 이유에서는 아닐 겁니다. 선생님, 보세요. 선생님이 두 팔로 저를 안는 순간부터, 저는 추위에 떨지 않을 겁니다. 선생님 배가 훈훈하기 때문이죠.

교수 (건조하게) 자넨 내가 따뜻할 거라고 생각하나?

마리나 선생님은 저보다 더 따뜻해요. 그것만이 중요해요. 선생님은 저에게 몹시 뜨겁다는 느낌을 줄 거예요. 그래서 제 몸에 선생님의 따뜻한 살이 닿으면, 어디에 닿든 선생님의 체온을 가져올 겁니다.

교수 (난처하게 얼굴을 찡그리며 뒷걸음질 치면서) 자네 몸에 살이 닿는다고?

마리나 (입술을 깨물면서) 제 피부만으로 충분해요. 피부로 얼마든지 즐길 수 있어요. 게다가, 벌써 며칠 전부터 무엇이라도 즐길 수 있다고 생각했어요.

교수 무엇이건 상관없이, 나를?

마리나 선생님일 수도 있죠. 제가 선생님을 경멸한다면 말이에요. 그렇다고 두려워하지 마세요. (천사 같은 웃음으로) 제 얼굴에는 즐거움이 활짝 피어날 겁니다. 내 몸은 그대로 굴복할 겁니다. 선생님은 자신이 훌륭한 연인이라고 생각할 겁니다. 하지만 나에게 선생님은 물 끓이는 주전자에 불과해요. 선생님이 좋은 연인이라고 가정하면 되겠죠. 제 몸이 따뜻해지는 것으로 아마 다른…… 느낌은 다 사라지고 말 겁니다, (냉정하게 웃으며) 미처 제가 깨닫지 못한 느낌까지도. (그녀는 어린아이 같은 웃음을 터뜨린다. 마치 이제 막 신기한 농담을 발견했다는 듯이) 선생님, 왜 뒷걸음질 치시죠? 이제 더 이상 저를 원하지 않으시나요? (그녀는 그에게 부드럽게 웃음을 지어 보인다.)

교수 그러니까 자넨 지금 이 시점에 추운 건가?

마리나 이제야 그걸 깨달으셨나요?

교수 이제 비로소 어떻게 되어 가는지 짐작하겠군. 자네가 끔찍하네.

마리나 (천진난만하고 상냥하게) 이제 제가 예쁘지 않나요?

교수 자네는 아름다워. 악마 같군.

마리나 제가 지옥에 있기 시작한 뒤로, 어찌 악마가 되지 않을 수 있겠어요? 지옥은 바로 이 추위죠. 추위가 얼마나 깊이 제 안에 자리 잡고 있는지 선생님이 제발 아셨으면 좋겠어요. 얼음같이 찬 육체는 오로지 한 가지 생각밖에 못 합니다. 따뜻한 무언가를 찾는 거죠. 무엇이든지 말입니다. 따뜻한 것에 달라붙어서 그 열기를 빨아들이죠. 그에게서 열기를 빼앗아 오죠. 선생님과 저 사이에는 얼마나 깊은 심연이 가로놓여 있는지 몰라요. 사실 그건 얼마 안 되는 온도 때문이에요. 선생님을 인간으로 만들어 놓고 저를 지옥에 사는 동물로 만들어 놓은 (그녀는 지옥이라는 말을 하면서 울부짖는다.) 그 얼마 안 되는 온도를 당신에게서 빼앗고 말겠어요! 그러면 내가 얼마나 지옥 같은 추위 속에서 떨었는지 알게 될 거예요.

교수 (뒷걸음질 치기를 그만두고, 조용히 신중하게) 안 돼.

마리나 무엇을 말하는 거죠? 뭐가 안 된다는 거예요? 선생님은 더 이상 원하지 않나요?

교수 원하지. 하지만 나를 자네와 떼어 놓고 있는 그 몇 도가 자네에게 안 된다고 하는 거야. 나는 그런 식으로 자네를 원하지 않아.

마리나 (경멸스러운 웃음을 지으며) 갑작스럽게 왜 이리 조심스러운 거죠?

교수 내가 언제 그랬나?

마리나 제가 알아맞힐게요. 선생님이 악역을 맡고 싶은 거잖아요. 제가 희생자 역할을 하길 바라는 거죠? 문제는 제가 전혀 희생자가 되고 싶은 생각이 없다는 거예요. 또한 악역을 몹시 하고 싶다고요. 선생님이 원하지 않는 게 그거죠. 선생님이 싫어하면 할수록 저는 더욱 좋아요. (그녀는 지금 길게 누워 있다. 악마 같은 웃음을 짓고, 대리석처럼.)

교수 아니, 마리나. 자네 연인 다니엘처럼 하게. 대학에 가서 학부 도서관에 있는 배관통에 몸을 바싹 갖다 붙이게.

마리나 제가 배를 선생님 몸에 길게 붙이고 있으면 되는데, 어째서 배관통에 바싹 붙이고 있어야 하는 거죠?

교수 배관통은 훨씬 더 오랫동안 따뜻할 거야.

마리나 지옥에는 배관통이 없을 거예요. 저는 선생님을 지옥에 빠지게 하고 싶어요. 만일 선생님이 제가 추운 것처럼 춥다면, 그럴 때만 저는 정말로 따뜻해질 거예요. 선생님이 나를 경멸한 만큼 모욕을 당하게 하고 싶어요.

교수 자네가 그렇다니 결코 믿을 수가 없군.

마리나 저도 그래요.

교수 마리나, 이 어설픈 유희에 알 수 없는 만족감을 느끼나?

마리나 모르겠어요. 하지만 제가 무슨 말을 하고 있는지는 알고 있어요. 선생님, 두 팔로 다시 저를 꼭 껴안는다면, 알 수 없는 어떤 유혹에 넘어갈 것 같으세요?

교수 (살며시 그녀를 두 팔로 안으면서) 나도 모르겠어. 알 수 없어.

마리나 당연하죠. 선생님은 지옥을 경험한 적이 없잖아요.

그녀는 천사 같은 웃음을 머금은 눈빛으로 그를 바라본다. 그녀는 빛이 나는 듯하다. 그는 그녀를 점점 더 세게 끌어안는다. 그러고 나서 그들의 입술이 서로 상대를 찾는다. 그들은 서로에게 몹시 이끌려 사랑에 빠진 것처럼 보인다. 그래서 그 장면이 더욱 끔찍해 보인다.

같은 방. 구석에 있는 서가에는 대략 열 권 정도를 묶어 쌓아 놓은 책 꾸러미가 있다. 다니엘과 교수는 각자 자기 의자에 앉아 책을 읽고 있다. 그들은 무기력해 보인다. 교수의 눈이 천천히 감긴다. 그의 머리가 한쪽으로 기울어진다. 책이 그의 손에서 빠져나와 바닥에 떨어지지만, 그 소리에도 그는 깨어나지 않는다.

다니엘 (그 소리에 몸을 돌려서) 선생님, 졸지 마세요!

교수 조용히 좀 하게! (그는 눈을 감은 채 있다.)

다니엘 선생님이 잠들어 버리면, 저에게 깨워 달라고 하셨잖아요.

교수 언제부터 그렇게 내 명령에 복종했나?

다니엘 그럴 만하다고 여긴 뒤부터요.

교수 그건 애초에 말도 안 되는 명령이었네. 그냥 흉내 한번 내본 거였어. 『화씨 451도』[3]에서 사람들은 책을 암기하지. 정부에서 글로 써 있는 것을 몽땅 없애려고 하기 때문이지. 그건 멋진 일이긴 하지만 제정신 가지고 할 수 있는 일은 아니야. 자넨 어떤 방식으로 클라인베팅겐의 책을 암기하고 싶은가?

다니엘 고대 그리스 음유 시인들은 『일리아드』와 『오디세이』를 처음부터 끝까지 줄줄 암기했어요.

교수 그래. 그 사람들은 논문을 쓰느라 자기 시간의 4분의 3 정도를 바칠 필요도 없었지. 그들은 책을 몽땅 암기할 여유가 있었어.

다니엘 선생님, 외우는 게 쉽다고 말하는 것은 아니에요. 우리는 책을 외울 수도 없을 거예요. 분명해요.

3 거장 프랑수아 트뤼포 감독에 의해 영화로 만들어지기도 했던, 레이 브래드버리의 SF 대표작. 그가 그리는 미래 사회는 책이 금지된 전체주의 사회이며, 주인공의 직업은 책을 불태우는 일이다. 〈화씨 451도〉는 종이가 타기 시작하는 온도를 말한다.

선생님 자신이 어제 공언한 것을 다시 상기시켜 드리죠. 며칠 뒤에 이 세상 책들이 다 사라진다 해도, 책을 처음부터 끝까지 향유할 필요가 있다고 하셨어요.

교수 그 말을 듣고 밤새도록 책을 읽은 거로군. 쉬지도 않고.

다니엘 그게 선생님의 지시였어요.

교수 혼자 있을 때는 재미있게 읽으면서 학생들 앞에서는 블라텍을 여지없이 폄하시킨 사람의 말을 자넨 어떻게 믿을 수 있는가?

다니엘 부끄러워하실 이유는 없습니다. 누구나 그럴 수 있어요. 아주 흔한 일이죠.

교수 그렇긴 하지. 나에게서 더 나은 것을 기대할 자격이 있다고 생각하지 않나?

다니엘 아니요.

교수 아, 그래. 어쨌든 모든 게 명확해지는군.

다니엘 선생님, 제가 볼 때, 선생님의 자존심을 채울 만한 더 나은 일을 찾을 수 있을 거예요.

교수 그래서?

다니엘 선생님은 끈질기게 클라인베팅겐의 책을 손에 쥐고 있어요. 그 책을 불태울 어떤 구실도 찾지 못하게 말입니다. 그 책을 읽고 또 읽는 거죠.

교수 푸하하하. 자네 말을 듣고 보니 당장 그 책을 불태우고 싶은 욕망이 강렬하게 생기는군.

다니엘 선생님! 그 책의 제목은 『공포의 명예』입니다. 8년 전에 선생님은 그 책에 관해서 논문을 썼어요. 뭐라고 썼는지 기억하세요? 저는 똑똑히 기억하고 있습니다.

교수 (짜증을 내며) 알고 있어. 내가 이렇게 썼지. 〈『공포의 명예』를 읽고 난 뒤에, 어떤 인간도 결코 자신의 존엄성을 무시할 수 없을 것이다.〉

다니엘 선생님 말씀이 실현되는 시기가 왔다고 생각하지 않으세요?

교수 아니. 나는 그 멋진 말을 비웃을 시기가 왔다고 믿네. 클라인베팅겐의 책을 불태우는 순간이. 이렇게 말할 수 있지. 『공포의 명예』란 배고프지 않은 누군가가 썼고, 『공포의 명예』에 대해서 내가 8년 전에 쓴 글은 춥지 않은 누군가가 썼다고. 그러니 불이여, 만세!

다니엘 그렇지 않아요. 선생님도 잘 아시잖아요. 하여튼 선생님과 제가 논쟁을 벌이다가, 선생님이 서가에 불을 지를 수도 있겠군요.

교수 하지만, 다니엘, 우리가 지금 불을 지르고 있잖아. 그걸 몰랐나?

다니엘 선생님은 행복하시겠군요.

교수 행복한 게 아니라 만족하는 거지. 그렇다네. 내가 10년 동안 철저히 분석하고 20년 동안 찬사해 온 이 책들을 불태운다니 웃음이 절로 나오네. 레미 주교는 클로비스에게 세례를 주면서 이렇게 말했지. 〈네가 숭배한 것을 불태우라. 네가 불태운 것을 숭배하라.〉 나는 언제나 이 문장에 매료되었지. 이 문장은 내 일과가 되어 버린 거야.

다니엘 어쨌든 선생님이 불태운 것을 숭배하는 척하시다니! 하지만 전혀 후회하지 않는 것처럼 보이네요. 심지어 기뻐하고 계시니.

교수 (일어서서 기지개를 켠다. 하품하면서 말한다.) 그렇게까지 보이나?

다니엘 그걸 모르는 척하는 게 더 어려울걸요.

교수 (마치 발레리나처럼 한쪽 발로 돌면서 우스꽝스러운 무용 스텝을 밟으며, 머리 위로 책을 흔들어 대면서 웃음을 터뜨린다.) 내 집에 있으면서 즐거운 것은, 내가 감출 게 없다는 거지. 나를 있는 그대로 봐주면 돼.

다니엘 (불쾌한 듯이) 사실, 저는 선생님의 강의를 들은 지가 벌써 12년이 되어 갑니다. 그런데 이번 초겨울부터, 선생님의 태도는 예전과는 딴판이 되었어요.

교수 자네가 나를 12년 전부터 알고 있었다고?

다니엘 물론이죠. 제가 선생님을 처음 본 것이 열여덟 살 때였어요. 선생님의 말씀은 인간 지성의 총체를 담고 있는 것처럼 보였어요. 선생님께 강의를 들을 때, 기쁨으로 소리치고 싶었죠. 인간이라는 것이 얼마나 자랑스러웠는지 모릅니다.

교수 (발레를 하듯, 공중에 떠서 양발을 서로 엇갈리게 하는 동작을 해 보이면서, 여전히 책은 높이 들고) 그런데 지금은, 그렇게 자랑스러워하던 사람이 수치를 느끼는구먼. (그는 농담한다.)

다니엘 선생님은 아닌가요?

교수 (어깨를 으쓱이면서) 나도 그래, 하지만 수치를 느낀다고 해도 나랑 상관없는 일이야. 나는 마리나와 똑같아. 따뜻해지는 걸 빼놓고는, 그 어떤 것도 더 이상 나에게 중요하지 않아. 아무 상관 없어.

다니엘 마리나는 그렇지 않아요.

교수 다니엘, 자네가 마리나에 대해서 뭘 알고 있나?

다니엘 한 가지 사실만은 확실해요. 선생님보다 그녀에 대해서 더 많이 안다는 거죠.

교수 (묘한 웃음을 지으며) 아!

다니엘 선생님도 그녀와 다를 바 없는 존재예요. 그런데 마리나는 자신이 동물 같다고 고통을 받고 있어요. 그게 선생님과 그녀의 엄청난 차이죠.

교수 가련한 아이로군. 그렇게 고통을 겪는다니!

다니엘 (광포하게 구는 미치광이처럼 벌떡 일어서서, 책을 내려놓더니, 교수의 멱살을 잡는다.) 그래요, 그녀는 고통받고 있다고요. 선생님이 모욕당하고서 즐거워하신다고 해도 제가 무슨 상관이 있겠어요. 하지만 마리나를 욕되게 하지는 마세요.

교수 자네는 무척 낭만적이야! 놀랍군.

다니엘 (교수를 놓아주더니 서가 쪽으로 책을 보러 간다.) 소설을 보자면……. 여기 여덟 권이 남아 있고,

우리가 읽고 있는 두 권을 더하면……. 선생님, 모두 열 권이 남아 있어요. 이제 그 유명한 질문에 대답할 수 있죠. 〈당신이 간직하고 싶은 책은 무엇입니까?〉

교수 (다시 앉으며) 어떤 책들이 남아 있나?

다니엘 그러니까……. 우리에게 남아 있는 책은 오베르나크의 『술탄의 신비』, 에스페란디오의 『말하는 인형』과 『소리 나는 비단』, 포스톨리의 『끝내기』, 파테르니스의 4부작입니다. 대단한 우연 같군요.

교수 뭐라고, 우연이라고?

다니엘 그럼요. 우연인 듯이 한 권도 불쏘시개가 되지 않은 작가는 단 한 사람뿐이에요. 그리고 우연인 듯이, 선생님이 박사 논문을 쓴 작가입니다.

교수 이보게, 그거야 그럴 만하니까 그런 거지.

다니엘 맞아요. 그사이 저는 4부작의 첫 권인 『액체』를 다시 읽었어요. 그리고 제가 어제저녁에 살보나투스의 『경악』을 불태운 것을 생각하고 울컥 화가 치밀었어요. 솔직히 말하면, 『액체』는 『경악』의 발밑에도 미치지 못해요.

교수 난 자네와 의견이 달라. 여기서 결정권은 바로 나에게 있다는 것을 자네에게 일깨워 주지.

다니엘 맙소사.

교수 그런데, 『액체』라는 제목의 책을 불태우는 건 꼭 해야 할 일이라고 생각하네. 오늘 저녁에 자네가 그 책을 불태우게나. 자네에게 맡기겠네. 알다시피, 나야 아주 점잖은 상관 아닌가.

다니엘 불에 태우면 안 돼요. 『액체』는 아주 유명한 소설은 아니지만, 잘 알다시피 우리에게 남아 있는 책 중에 최악은 아니에요.

교수 책을 다시 고르지 않을 거네. 다니엘.

다니엘 안 돼요. 다시 해야 합니다. 그 무가치한 것을 불에 던지지 않는 한, 그건 매일매일 다시 해야 할 겁니다.

교수 『천문대의 무도회』는 무가치한 것이 아니야. 여기서는 내가 우두머리라고.

다니엘 굉장히 고상한 구실을 대시는군요!

교수 구실이 아니야. 결정권을 가진 자가 주장하는 거야.

다니엘 그렇군요. 그래 봤자 대학이라는 울타리를 벗어나면, 당연히 선생님보다 제가 더 힘이 세요.

교수 하지만 대학을 벗어날 수는 없어. 그건 일종의 종교와도 같으니까.

다니엘 신전처럼 여기는 건물이 파괴되었는데도요?

교수 자넨 과장하고 있군. 지하에 있는 대학 도서관은 여전히 그대로 있어. 자네는 배관통과 사랑에 빠져 뒹굴면서 좋아하는 책을 다시 읽을 수도 있을 거야.

다니엘 아하! 『천문대의 무도회』를 불태웁시다. 선생님도 역시 대학에서 그 책을 다시 읽을 수 있을 겁니다.

교수 그건 불가능해. 난 그 책을 공개적으로 읽을 수 없어. 그 책에 대해 한 번 악평을 했으니 말이야.

다니엘 아! 그런데 제 앞에서는 아무렇지도 않으시나요?

교수 아니. 나는 모든 조교가 스승을 어리석은 사람이라고 생각한다는 원칙에서 시작하지. 그래서 자네 앞에 있으면, 더 이상 잃을 게 없지.

다니엘 정말 깜짝 놀랄 일이겠군요. 저는 언제나 그 반대로 생각했어요. 교수들은 모두 자기 조교를 어리석은 사람이라고 생각한다고 말입니다.

교수 하지만 그것 또한 진실이지. 겉으로는 서로에게 감탄하고 존경하는 척하며 속으로는 서로 경멸하는 것이 교수와 조교 사이의 관계가 보여 주는 매력이야.

다니엘 어쨌든 선생님처럼 냉철한 지성인이 어떻게 『천문대의 무도회』를 숭배할 수 있는지 설명해 주세요.

교수 어쨌든 난 지성인이야. 말하자면 자신과 반대 의견을 가진 사람과 논쟁하기를 아주 아주 좋아하고 심지어 논쟁을 기다리는 사람이야. 게다가, 블라텍과 같은 지성적인 작가가 청춘의 사랑이 과대평가된 어리석음이 아니라고 나를 설득하려고 한다면, 글쎄, 나는 매우 기쁘지. 바로 그거야.

다니엘 좋습니다. 그런데 선생님은 어째서 학생들에게 그 소설이 그렇게 하찮다고 열을 내서 자꾸 말하시나요?

교수 그것 또한 사실이니까. 그러나 전쟁이 일어났을 때, 사람들이 허기와 추위로 죽어 갈 때, 자기 주변에서 파리 떼처럼 사람들이 죽어 가는 것을 볼 때, 흔히 사람들은 자신도 힘없는 소시민이라고 생각하지. 꽤 그럴듯하지.

다니엘 어떻게 그런 말도 안 되는 말을 하세요! 그래요, 정말로 우린 전쟁에서 졌어요.

교수 자네 말이 아주 틀린 것은 아니야. 그러니 어떻게 하겠는가? 결국 하찮다는 것은 『천문대의 무도회』를 읽은 나의 독서 행위를 말하는 거지. 소설 자체는 하찮은 것도 아닌데 말이야. 두 청소년 사이의 멋진 사랑 이야기지.

다니엘 도대체 무슨 말씀이세요. 저는 이미 선생님이 학생들 앞에서 이렇게 말하는 것을 들었는데요. 〈내가 잘못 생각했다. 이 책은 하찮은 책이 아니다. 두 청소년 사이의 멋진 사랑 이야기다.〉 하지만 그 말을 하고 나서 야기된 어떤 위험도 없었나요? 선생님은 지나치게 자존심만 내세우느라 그런 위험이 있었다고 해도 털어놓을 수 없었어요.

교수 내 판단이 올바른 거야. 왜냐하면 교수가 학생들에게 약간의 믿음을 얻으려면 그만큼 커다란 고통을 감수해야 하니까. 오히려 내가 속마음을 털어놓음으로써 믿음을 잃어버릴지도 몰라.

다니엘 맞아요. 하지만 처음부터 책이 별 볼 일 없다고 말씀하실 것은 없죠. 책을 읽으면서 조금씩 펌하시키는 게 더 나을 테니까요. 그래 봤자 책이 복수라도 하겠다고 나서지는 않을 거니까요. 문학이란 게 그래서 좋은 것 아닌가요. 모든 것이 허용될 수 있으니까. 선생님이 역겨워요.

교수 만일 자네가 굳이 신성한 양심에 따르겠다고 한다면, 그저 부인만 하면 되네. 사실, 자네가 그 소설을 우스꽝스럽게 생각하고, 그래서 나와 의견이 다르다고 학생들에게 말한들 무슨 수로 막겠나?

다니엘 제가 막지 못하는 거요? 간단히 말해서 진실이죠. 저는 그 책을 좋아하지 않아요. 그 책을 좋아하지 않으니 선생님 의견 따위도 필요 없었죠.

교수 도대체 무엇 때문에 『천문대의 무도회』를 비난하나?

다니엘 그건 하찮은 이야기죠.

교수 이 책에서 하찮은 게 뭔가?

다니엘 (지친 듯 한숨을 쉬며 다시 앉는다.) 모두 다요.

교수 아니야. 그렇게 쉽게 내뱉지 말게. 상세하게 이야기해 보게, 제발. 도대체 무엇이 그렇게 비판받을 것인지 상세히 말해 보게.

다니엘 (어깨를 으쓱거리면서) 저도 모르겠어요. 즉석 경연 대회에서 그들이 처음 만나는 장면.

교수 자네가 그 첫 번째 만남을 보고 비난할 게 뭐가 있는가? 그들이 만나는 장면은 자네와 마리나의 만남보다 더 유치한 것도 아니야. 잘 생각해 봐.

다니엘 하지만 선생님은 무슨 근거로 저한테 그런 말을 하시는 거죠? 우리는 지금 현실에 대해서 말하는 게 아닙니다. 우리의 삶은 예술적 가치가 없을 수도 있죠. 그러니 문학은 더더욱 예술적 가치가 있어야죠.

교수 그러니까 문학이 자네에게 도움이 된다는 것 아닌가. 자네의 삶이 초라해 보일 수도 있어. 그런 이유로 문학은 자네에게 위안을 주는 거야.

다니엘 그래도 제 삶은 분명 선생님의 삶보다 덜 하찮을 겁니다.

교수 자네가 그걸 어떻게 아는가? 다니엘, 자넨 장님이군. 첫 번째 만남에 대한 판단처럼 내 삶에 대해서 판단하는 기준이 말이야. 젊은 남자와 젊은 여자가 링 위에서 다시 만난다. 즉석 경연 대회가 권투 시합장에서 일어난다는 것을 설명할 필요가 있겠군. 그전에는 그 두 사람이 결코 만난 적이 없었다는 것을 잊지 말게. 그러다가 그들은 서로를 알아보게 돼. 그들은 열여섯 살이고, 아름답다네. 그들은 권투하는 링 위에서 서로를 알아보는 거야. 멋지지 않은가?

다니엘 (웃음을 지으며) 선생님은 사람의 마음을 감동시키시는군요.

교수 자네가 위선자가 아니라면, 나처럼 말할 걸세.

다니엘 저보다 선생님이 훨씬 더 위선적이라는 사실을 다시 말씀드립니다.

교수 적어도 나 자신에 대해서는 위선적이지 않네. 그건 가장 중요한 사실이야. 자, 그러니 이번만은 제발 진지해지게. 자네 생각은 아주 훌륭해. 사람들이 그들에게 강요한 주제는 바로 야곱과 천사의 싸움이야. 하지만 라리사와 제로밀이 기독교에 대한 소양이 부족했기 때문에, 그게 무엇인지 모르고 있다네. 그러니 그들은 갑작스럽게 꾸며 댈 수밖에 없지. 얼마나 놀라운지 이야기해 보게.

다니엘 연세가 드시더니 선생님은 아주 서정적이 되었군요. (웃는다.)

교수 웃게나, 실컷 웃으라고. 자네의 그 빈정거리는 태도 때문에 자네는 무엇을 말해야 할지 잘 모르는 것일세. 자네가 조금이라도 솔직한 구석이 있다면, 이런 광경을 보고 자네가 꿈꾸는 것을 인정할 걸세. 그들이 첫 번째 만난 날 라리사나 제로밀이 되기 위해서 모든 것을 바쳤을 거라는 사실을 인정하게나.

다니엘 그게 무슨 상관이 있겠어요! 문학은 더더욱 아무것도 아니에요. 쥐스틴이나 달리[4]가 되고 싶어서, 사람들이 『알렉산드리아의 4중주』를 읽지는 않아요. 사람들은 세계관을 발견하려고 책을 읽죠. 블라텍의 세계관이 빈약하다고 솔직히 말하세요.

교수 이보게, 다니엘, 자넨 내가 감동받았다고 생각하나? 이게 다 어리석은 짓 아니던가. 이 못난 사람아, 지금이 전쟁 중이란 걸 모른단 말인가? 수천 년 전부터 재능 있는 사람은 훌륭한 책 속에 가장 멋진 세계관을

4 1940년대 이집트 알렉산드리아를 배경으로 한 로렌스 더렐의 4부작 『알렉산드리아의 4중주』에 나오는 등장인물들.

썼다네. 하지만 그들의 사상이 무엇에 도움이 되었다고 생각하나?

다니엘 (문득 하늘을 보며) 문제는 그게 아니에요.

교수 (갑자기 일어서면서) 그럼 뭐가 문제인데? 세상 사람들이 아무 상관 없다고 한다면 세계관을 피력해 봤자 뭣에 쓰겠어?

다니엘 독서가 더 이상 무익하지 않도록 독자들을 교육시키는 것이 우리 몫이죠.

교수 독자를 교육시킨다! 독자를 교육시키듯 한다! 자넨 그렇게 바보 같은 말을 내뱉을 정도로 더 이상 어리지 않아. 사람들은 삶에서도 그렇듯이 독서에서도 똑같아. 이기적인 데다가 쾌락에 빠져 들고 달라지기가 힘들지. 작가의 몫은 독자의 보잘것없음에 대해서 한탄하는 것이 아니라, 있는 그대로 독자를 받아들이는 거지. 만일 그 작가가 독자를 바꿀 수 있다고 상상한다면, 전쟁이 일어났음에도 여전히 그럴 수 있다고 상상한다면, 그렇다면, 낭만적인 바보는 바로 그 작가라네. 블라텍의 책을 읽기 좋아하는 사람이 아니라네.

다니엘 선생님이 옳다면, 오히려 선생님이 다른 누구보다도 더 큰 잘못을 저지르고 있는 것입니다. 선생님은 전혀 반대의 것을 가르치시느라고 20년을 보내셨으니까요.

교수 나를 믿고 따라 준 자네 같은 소수의 우수한 학생들이 있었지, 다니엘. 다른 학생들은 자기 식대로 지혜가 있어서 내가 말한 것과는 반대로 나갔을 것이네. 오늘 여전히 살아 있는 사람들이 『천문대의 무도회』를 대단히 즐겨 읽는다고 확신하네. 분명히 내가 그 책에 대해서 나쁘게 말했기 때문이야.

다니엘 마치 양심선언이라도 하시는 것 같군요.

교수 요즘에도 그런 양심의 가책을 느끼다니 대단한 일이라는 것을 알고 있네. 그러나 요즘 우리 주변에서 무슨 일이 벌어지는지 눈여겨보면, 내가 생각하기에 나의 변화가 그리 중요한 것은 아니네.

다니엘 후회하지 않으시겠어요?

교수 그럴지도 모르지. 자신의 삶이 아무짝에도 쓸모가 없다는 걸, 심지어 해를 끼치지도 않는다는 걸 이해하는 것! (그는 책꽂이까지 걸어가서 책 한 권을 뽑아 든다. 다시 와서 앉고는, 다니엘에게 그 책을 보여

준다.) 자네는 아는가? 나는 아직도 블라텍의 작품을 다시 읽고 싶다네. 내가 읽고 싶은데 도대체 무슨 설명이 필요하겠나. 자네라면 틀림없이 이해할 것이네.

다니엘 저는 『천문대의 무도회』를 다시 읽고 싶은 마음이 전혀 없다는 걸 분명히 말씀드립니다.

교수 가능할까? 자네는 다른 별에서 왔나? 그들이 처음 만나는 장면에 자네가 냉담했다고 해도, 무도회 장면만큼은 무관심하지 않을 거야.

다니엘 사실 전 무관심하지는 않아요. 그 장면이 극도의 악취미라고 생각하기 때문이죠.

교수 극도의 악취미라고? (못 믿겠다는 듯이 눈을 크게 뜨고) 자넨 제정신이 아니군!

다니엘 제 말 좀 들어 보세요. 젊은 여자를 유혹하는 50대의 남자, 너무 진부하고 동시에 너무 역겹다고요.

교수 하지만 전혀 그렇지 않아. 이제 보니 자네도 나이가 들었군.

다니엘 그러니 더더욱 진부하고 역겨운 게 당연하죠.

교수 왜 여전히 도덕군자 역할을 하는 건가? 자넨 바로 이 장면의 심오한 아름다움에 감동했어야 하네.

다니엘 열여섯 살의 소녀를 얼싸안으려는 50대 남자를, 저는 그런 모습을 심오한 아름다움이라고 생각하지 않아요.

교수 하지만 자네는 이 세상 50대 남자들에 맞서 무얼 하려는 건데?

다니엘 선생님이 생각하기에 무얼 할 것 같은데요?

교수 좋아. 자네는 나에게 반대해서 무얼 하겠다는 건데? (그는 팔짱을 낀다.)

다니엘 바로 몇 분 전에 선생님은 모든 교수가 자기 조교를 바보라고 생각한다고 저에게 가르쳐 주었어요. 그래서 저도 선생님이 저를 바보로 여긴다는 결론을 내릴 수 있어요. 그렇지만 선생님과 마리나 사이에 무슨 일이 일어났는지 몰랐다고 해서 나를 아무것도 모르고 그저 행복해하는 놈으로 취급해서는 안 되죠.

교수 난 자네가 무슨 말을 하는지 모르겠구먼.

다니엘 (과장되게) 오, 부정하지 마세요. 아주 일찍 집에 돌아온 어느 날, 선생님과 마리나가 함께 있는 것을 보았어요. 잘 생각해 보세요. 저는 아무 소리도 내지 않고 나갔어요. 그녀도 선생님도 전혀 아무것도 눈치

채지 못했어요.

교수 그래서? 자넨 나를 죽일 생각인가?

다니엘 전쟁이 일어나지 않았더라면 그렇게 했을지도 몰라요. 지금 이 순간에는, 그런 행동이 나에게 너무 평범하게 느껴져요.

교수 그래서 자넨 어떻게 하고 싶은데?

다니엘 2주 전부터 내가 해왔던 대로요. 선생님을 혐오스럽게 쳐다보는 것요.

교수 혹시 그녀가 자네에게 혐오감을 주었나? 자네가 생각한 것이 그거라면, 난 그녀를 성적으로 폭행하지 않았네.

다니엘 내가 그녀를 혐오스럽게 생각하는 것은 그녀의 육체가 아닙니다.

교수 내 말 좀 들어 보게. 자네 멋대로 나를 생각하지 말게.

다니엘 더 이상 못 봐주겠군요.

교수 하지만 어쨌든 그녀는 지금 내 집에 있네.

다니엘 아무리 말해도 소용이 없겠군요.

교수 게다가, 빌어먹게도 지금은 전쟁 중이야.

다니엘 아, 안 돼요. 그건 선생님이 알맹이 없이 잘난 체하는 말이 되었어요. 선생님에게 무슨 말을 하든지 간에 선생님은 〈지금은 전쟁 중이야〉 하고 돌려 치고 있어요. 걸작품들을 불태운다고 선생님을 비난하자 이렇게 대답했죠. 〈지금은 전쟁 중이야.〉 대중 소설을 없앤다고 비난했을 때에도 이렇게 대답했어요. 〈지금은 전쟁 중이야.〉 지금 당신 조교의 약혼자를 유혹한다고 비난하자, 또 그렇게 대답하는군요. 〈지금은 전쟁 중이야.〉

교수 전쟁 중이라는 게 사실이니까.

다니엘 도대체 어떻게 변명하시려고요?

교수 전쟁이 일어나면 모든 법은 예전과 같은 법이 아니야. 자네가 미처 그 사실을 깨닫지 못하고 있는 경우에도.

다니엘 전쟁 중이 아니라면, 선생님은 저한테 당신이 세상 물정 모르는 순진한 양반이라고 믿게 하시겠군요.

교수 전쟁 중이 아니라면, 난 자네보다 더 멋지게 유혹할 수 있었어. 지금 자네가 그렇게 불만스럽다면, 다른 집을 알아보는 수밖에 없지 않나. 자네하고 자네의…….

마리나 무슨 말이죠? 자네의 뭐라고요?

교수 자네에게 불을 지펴 주는 사람 이야기야.

다니엘 (벌떡 일어서서 교수의 외투 깃을 움켜잡고 그를 들어 올린다.) 정말 비열한 인간이군요. 그녀를 꼭 그렇게 모욕해야 합니까?

교수 (숨이 막히는 목소리로) 자네는 말이야, 바람피운 부인을 감싸는 남편처럼 구는군. 왜 그렇게 그녀를 감싸고도는 거지?

다니엘은 교수에게 주먹이라도 날릴 태세다. 마리나가 그의 행동을 말리려고 그의 손목을 잡는다.

마리나 안 돼. 지금 이런 시기에 폭력은 이제 됐어. 선생님이 무슨 말을 하든 내버려 둬.

다니엘 (불결한 옷을 만져서 손이 더럽혀졌다는 듯이 교수를 바닥에 던지듯 내려놓는다. 그러고 나서 마리나를 쳐다본다.) 네가 얼마나 높은 자리에 있는지 모르겠지만, 나에게 뭔가 가르치려고 하지 마.

마리나 가르치다니, 그런 적 없어. 내가 잘못했어. 나를 변호하려는 것은 아니야. 하지만 이제 막 세 사람이 거리에서 학살당하는 것을 봤어. 오늘은 그걸 본 것으로 됐어. (그녀는 지친 듯이 앉는다. 그사이 교수가 일어나서 다른 의자에 앉는다. 다니엘이 앉을 의자가 없다. 다니엘은 그 두 사람 주위를 둥그렇게 원을 그리며 걷는다.)

다니엘 마리나, 걱정하지 마. 어찌 보면 자기 아버지일 수도 있을 이 나이 든 사람의 품 안에서 오늘 본 그 공포의 광경을 잊을 수 있을 거야.

마리나 그 말이 자기에게 위로가 될 수 있을지 모르지만, 난 아무것도 결코 잊지 못할 거야.

다니엘 그렇다면, 어째서 그러는 거지?

마리나 나를 따뜻하게 해주니까. 오로지 그 이유밖에 없어.

다니엘 그런 일을 이야기하면서 아무 거리낌이 없다니!

마리나 이제 그만 해! 그런 설교는 더 이상 듣고 싶지 않아. 무슨 말을 하든, 도덕군자연하는 그런 연설 따위는 더 이상 견딜 수가 없어.

교수 마리나, 그러지 않아도 바로 5분 전에 내가 다니엘에게 그 말을 하고 있었다고.

다니엘 정말 잘나셨군요. 도대체 이 무슨 말도 안 되는 상황이지? 지금이 전쟁 중이기 때문에 자신에게 모든 것을 허용하는 사람과 춥기 때문에 자신에게 모든 것을 허용하는 여자 사이에 있다니!

마리나 그러니까 지금이 전쟁 중이고 내가 춥다는 사실이 중요해.

교수 마리나, 그것도 내가 그에게 이야기한 거야.

다니엘 선생님, 좀 조용히 해주세요. 『천문대의 무도회』만이 최고이고, 다른 것은 안중에도 없잖아요. 완전히 가치 기준을 잃은 사람은 발언권이 없어요. (그는 교수가 자기 무릎에 놓아두고 있던 책을 빼앗는다. 마리나가 일어나서 깜짝 놀라는 다니엘의 손에서 책을 빼앗는다. 그녀는 그 소설책을 자기 가슴에 끌어안고 다시 앉는다.)

마리나 나는 말이에요, 이 책을 좋아해요. 이 책이 불타는 것을 원하지 않아요.

교수 (웃음을 터뜨리면서) 저것 좀 보게. 아주 멋진 여자야. 다니엘, 자네도 봤지. 나처럼 늙고 비열한 사람만이 그 책을 좋아하는 게 아니야.

다니엘 마리나, 그 책을 좋아한다고?

마리나 아름다워. 아주 아름다워.

다니엘 하지만 그 책의 뭐가 아름다운데?

마리나 특히 마지막 장면이. 무도회 장면.

다니엘 아, 알았어. 50대 남자가 젊은 여자를 유혹하는 장면. 분명 그 장면은 멋진 추억을 떠올리게 할 거야.

마리나 오, 아니야. 그렇게 생각하지 마. 선생님과 함께 있을 때는 끔찍했어.

교수 고맙군.

마리나 하지만 이 책에서는, 천문대에서 일어나. 아주 아름다워.

다니엘 아! 네가 아름답다고 생각하는 게 천문대야?

마리나 아니. 전부 다야. 너무나 아름다운 문체로 시작해. 비단으로 만든 공처럼 서로에게 보내는 유혹의 언어야. 뱀에게 말을 건네는 이브가 생각날지도 몰라. 그게 참 묘해. 성스럽기도 하고 악마 같기도 하거든. 천사와 짐승의 싸움처럼 아름다워…….

다니엘 그만 해! 너는 짐승 같은 사람하고 맞붙어 씨름하고 있었잖아. 그게 얼마나 추했는지 다른 누구보다도 잘 알고 있어. 게다가 금방 얼마나 끔찍했는지 이야기했잖아.

마리나 다니엘, 그게 아니야. 실제로 내가 천사 같기나 해? 잘 알잖아.

교수 그래, 내가 그걸 보장해 줄 수 있어.

마리나 다니엘, 내가 교수와 함께한 시간들이 얼마나 끔찍했는지 자기가 알 수 있다면, 아마 내가 이 책의 아름다움을 얼마나 필요로 하는지 이해할 수 있을 거야. 내가 얼마나 바라는지 알아? 지상에 아름다운 그 무엇이 존재하기를 말이야.

다니엘 안타깝군. 마리나, 책은 세상 사람이 바라보면서 위안받고자 하는 그런 장식품이 아니야.

마리나 아니라고? 다른 뭐가 있는데?

다니엘 책, 그건 사람들을 반응하게 하는 뇌관 같은 거지.

마리나 그게 사실이라면 사람들이 반응했을지도 몰라. 그런데 너도 사람들이 아무런 반응을 보이지 않는다는 걸 알고 있잖아.

교수 마리나, 내가 혀가 닳도록 다시 설명해 볼게.

다니엘 선생님, 제발 입 다물고 있어요. 이번을 마지막으로, 선생님은 누구에게도 모범이 되지 못해요. 선생님은 누구한테든지 가르칠 게 아무것도 없어요.

교수 알았네. 좋아, 좋아.

다니엘 마리나, 너도 알아야 해. 만일 네가 말한 게 맞다고 한다면, 그럼 그때 전쟁에서 진 거야.

마리나 다니엘, 전쟁에선 졌어! 더 이상 희망에 찬 고상한 언어로 말하지 마. 전쟁에서 졌는데도 그렇게 말하는 것은 너무나 뻔뻔스러운 거야.

다니엘 너처럼 내가 수치스러운 일을 겪었다면 너는 아마 더 좋아했을지도 몰라.

마리나 과장된 말을 하는 건 여전하군. 나는 수치스러운 어떤 일도 당하지 않았어. 자기가 나였다면, 더했을 거야. 자기는 아무것도 모르고 있어. 누구도 자기에게 그런 제안을 하지 않았기 때문이야. 어쩌면 아무도 자기에게 그런 제안을 하지 않았으니 배 아파 하는지도 모르겠군.

다니엘 그런 말을 듣느니 차라리 귀머거리가 되는 게 더 낫겠군.

마리나 나는 젊고 예뻐. 내가 늙고 추하다면 나를 따뜻하게 할 어떤 방법도 없을 거라는 사실을 아주 잘 알고 있어. 나와 마주한 따뜻한 육체를 갖는다는 것은 내 생존 조건의 하나가 된 거야. 그러니 나에게 전쟁에서 지지 않았다는 말은 하지 마.

다니엘 (의자에서 그녀를 끌어내면서) 마리나, 너는 그게 즐거워? 그런 공포를 말하는 게 즐거워?

마리나 그래. 나에게 남아 있는 최후의 즐거움이야.

다니엘 (그녀를 바닥에 내동댕이치며) 이 쓰레기 같으니! (그는 그녀에게 달려든다. 그들은 마치 어린아이들처럼 서로 치고받는다. 서로의 사지가 얽혀서 뒹군다. 때로 마리나의 숨 막힐 듯한 외침이 터져 나온다. 그사이 교수는 일어나서 난로에 불을 붙인다.)

마리나 이 겁쟁이! 자기가 가장 힘세다고 알고 있지.

다니엘 난 그걸 확인하고 싶어. (싸움이 계속된다. 그 싸움은 점점 더 모호해진다. 때로 그들이 사랑 행위를 하는 듯한 인상을 준다.)

마리나 내가 당신과 사랑에 빠졌었다니!

다니엘 내가 천사 같은 당신 태도에 감동했었다니! (싸움은 계속된다.)

그사이 교수는 난로 가까이에 책 열 권을 갖다 놓았다. 그는 난로 뚜껑을 열고 거기에 책을 집어넣는다. 하나씩 차례차례 모두 아홉 권을 넣었다. 지금 그는 책 한 권을 손에 들고 있다. 난로 옆에 무릎을 꿇고 앉는다.

교수 (아버지 같은 음성으로 아주 부드럽게) 얘들아. 그 멋진 육체를 서로에게 맡기면서 너희들 몸이 많이 따뜻해졌으리라 믿는다. 하지만 나는 어쨌든 너희들이 이 아름다운 문학의 불꽃이 내뿜는 열기를 놓쳤을 것이 더 안타깝구나.

싸움이 갑자기 끝난다. 싸우던 사람들이 서 있다.

다니엘 선생님이 책을 몽땅 불태웠어. (그는 완전히 지친 것처럼 보인다.)

교수 몽땅은 아니네. 한 권이 남아 있네. 어떤 책인지 자네가 알아맞히게나.

마리나 (난로 쪽으로 달려가서 교수 옆에 무릎을 꿇고 앉는다.) 『천문대의 무도회』.

교수 오, 딱 맞았어. 도대체 그 책이 어떤 운명이 될지 알고 싶었네. 그래서 자네가 무슨 말을 할지 기다렸지.

마리나 오, 그 책은 불태우지 마세요. 제발!

교수 나도 몰라. 마리나, 이건 아름다운 책이지만, 우리에게 무슨 의미가 있지?

마리나 이건 우리에게 남아 있는 유일한 아름다움이에요. 그 책을 읽으며 우리는 전쟁을 잊을 수 있을 거라고요.

다니엘 (바닥에 주저앉으면서, 역겹다는 듯이) 알렉산드리아 도서관에서 화재가 났을 때는 그림이 괜찮았을 것 같군요. 지금과 비교해 보면.

교수 누구도 오랫동안 전쟁을 잊을 수 없을 거야.

마리나 그게 무슨 상관이에요. 선생님. 우리는 오랫동안 더 이상 없을 거잖아요. 이 책은 마침내 우리가 죽고 나서도 남아 있을 거예요.

교수 갑자기 그렇게 이상주의자 같은 자네를 보고 싶지 않아. 자넨 나와 함께 짐승처럼 뒹굴었는데, 지금은 성스러운 불과 함께 있는 성녀처럼 말하는군. 자네 때문에 갑자기 이 책이 혐오스럽게 느껴지네.

마리나 그 책에 대해서 질투하지 마세요.

교수 좋아. 그럼 자네가 짐승이라고 말하게.

마리나 난 짐승이에요.

교수 자네는 인간적인 구석은 전혀 없다고 말하게.

마리나 난 인간적인 구석은 전혀 없어요.

교수 (책을 난로 쪽에 놓으며) 어쨌든, 이 책을 없애 버린다고 해도 자네와 아무 상관 없는 것 아닌가?

마리나 제발, 없애지 마세요. 아무 상관이 없는 게 아니에요. (그녀는 그의 행동을 저지하려고 벌떡 일어선다.)

교수 그러면 자네는 거짓말을 한 거야. 자네는 여전히 완전한 동물이 아니야. 자네에게는 유일하게 한 가지 인간적인 모습이 남아 있어. 그것은 바로 이 책이야. 자네는 거짓말한 대가를 치러야 해. 자네 최후의 인간적인 모습이 어떻게 되는지, 자, 그 운명을 보라고. (그는 그 책을 불 속에 집어 던진다.)

마리나 안 돼요. (공포로 넋이 빠진 채 난로 옆에서 책을 집어삼키는 불길을 바라본다. 그녀는 몇 분 동안 얼어붙은 듯 그대로 있다. 그러고 나서 교수를 있는 힘껏 증오에 가득 찬 눈빛으로 바라본다.) 꼴도 보기 싫어요. (그녀는 일어서서 무대 뒤로 달아난다.)

교수 (목소리를 높이면서 부드럽게) 안 돼, 떠나지 마. 어쨌든 저 아름다운 불꽃을 누려야지. 맙소사, 마리나는 왜 저리 어리석을까!

다니엘 자, 이제 좀 마음이 놓이는군요. 어쨌든 그녀는 당신보다는 덜 괴물 같아요.

교수 (쾌활한 웃음으로) 그거야 내 마음대로 되는 건 아니네.

다니엘 도대체 마리나는 왜 밖에 나간 거죠? 무얼 하러 간 건지 궁금하네요.

교수 어떻게, 자네는 그걸 모르나?

다니엘 선생님은 아세요?

교수 물론이지. 그녀는 나에게 언제나 이야기했지. 더 이상 책이 없는 날이 오면, 큰 광장으로 산책하러 나갈 거라고. 그게 요즘 유행하는 새로운 자살 방식인 것 같더군.

다니엘 뭐라고요? (그는 그녀 뒤를 쫓아서 무대 뒤로 뛰어나간다.)

교수 (난로 옆에서 온기를 쬐며 비웃고 있다.) 이렇게 멋진 불길을 혼자서만 누리다니! (안도의 한숨) 그 젊은 연인들이 짜증스럽기 시작하는군. (그는 난로의 뚜껑을 닫는다.) 그다음에, 의자를 불태워야 할 것 같군. (그는 느리게 말한다. 마치 불쏘시개를 아끼듯 말도 아낀다는 듯이) 그다음에는, 다른 것을 또 태워야겠군. 마침내, 정말로 더 이상 아무것도 없다면, 어떤 불쏘시개도 없다면 (그는 굉장히 행복해하는 웃음을 지으며 눈을 치켜뜬다.) 나는 광장으로 시체 두 구를 찾으러 나갈 거야. 필요하면 산책을 하러 가야지.

옮긴이의 말

2002년 12월 프랑스 일간지 「피가로」는 문학 평론가 29명을 선정하여 1962년 이후에 출생한 작가 중에서 프랑스 문단을 이끌어 갈 가장 유망하고 중요한 작가를 꼽는 설문 조사를 실시했다. 평론가들은 모두 40명의 젊은 작가를 선정했는데, 그중에서 아멜리 노통브가 가장 많은 지지를 받았다. 벨기에와 프랑스를 비롯한 전 세계 35개국에서 번역되어 엄청난 판매 부수를 기록하고 수많은 독자를 몰고 다니는 아멜리 노통브가 프랑스 문단에서 차지하는 중요성을 짐작할 수 있다.

아멜리 노통브. 도깨비방망이 휘두르듯 1년에 한 권

씩 작품을 발표하는 작가. 스스로를 〈무턱대고 쓰고 싶어 하는 병*graphomanie*〉을 앓고 있는 환자라고 밝히는 작가. 서랍 깊숙한 곳에 발표하지 않은 작품 50여 편을 감춰 두고 보물 창고 드나들듯 혼자 들여다보기를 즐기는 작가.

매일 새벽 네 시에 일어나 진한 차(차 속에 들어 있는 카페인을 자신의 친구라고 할 정도로 차 마시기를 즐긴다)를 마시고 여덟 시까지 네 시간 동안 하루도 쉬지 않고 글을 쓴다는 아멜리 노통브는 글을 쓰지 않는 생활을 상상하기 힘들다고 단언한다. 그녀가 여행하는 건 다만 자신의 책을 위해서일 뿐, 오로지 집에 틀어박혀 글쓰기를 즐긴다. 행복이 무엇이라고 생각하느냐는 질문에 돌아온 것은 〈글쓰기〉라는 짧은 한마디이다.

문학 평론가의 찬사보다 아멜리 노통브의 관심을 끄는 것은 독자들이 그녀에게 보내오는 편지. 글을 쓰지 않는 시간에는 독자들이 보내는 편지를 읽고 직접 답장을 써 보내며, 자신이 사랑하는 삶을 사는 아멜리 노통브. 다른 평범한 생활인처럼, 시장에도 가고 청소도 하고 이런저런 잡다한 일을 하며, 음악에, 영화에, 독서에 빠져 든다는 아멜리 노통브는 자신이 잉태한 작품을 한 권씩 세상에 내놓을 때마다 〈무한을 품고, 어떤 제약도 느끼지 않으며, 특별한 운명을 약속하는 이름을 주기〉를 원한다. 아멜리 노통브는 독자들이 자신의 글을 읽고 나서 새삼 다시 글을 읽기 시작했다는 말을 들었을 때가 가장 뿌듯하다고 털어놓는다.

아멜리 노통브가 1994년에 발표한 유일한 희곡 『불쏘시개』는 약 3백 매밖에 안 되는 분량에, 한 장소에서 등장인물 세 사람이 나누는 대화로 이루어져 있다. 내용은 아주 간단하다.

한창 전쟁 중이고 날씨는 몹시 춥다. 폭격과 총알이 쏟아지는 밖으로 나가면 세상은 끔찍하고 무자비하기까지 하다. 사람들이 도처에서 죽어 간다. 생의 온기는 다 빠져나가고 모든 것을 잃을 수도 있다. 대학의 문학 담당 교수가 자기 집에 자신의 조교와 그 여자 친구를 머물게 한다. 이 두 사람은 전쟁으로 잠잘 곳을 잃어버렸다. 이렇게 두 남자와 한 여자가 한 공간에, 교수의 서재에 숨어 있다. 불을 피우고 따뜻하게 있으려면 그들에게 남아 있는 것은 의자와 거대한 서가의 책들. 그 외에 태울 거라곤 전혀 없다. 그렇다면 어떤 책을 태울 것인가? 여학생 마리나가 교수의 두 팔에 안겨 잠시 몸을 녹이지만, 그것으로 충분하지는 않다.

작가는 질문을 던진다. 무인도에 혼자 간다면 어떤 책을 가져갈 것인가라는 진부한 질문이 아니라 이 혹독한 추위를 이겨 내고 몸을 따뜻하게 하기 위해서 어떤 책을 가장 먼저 태울 것인가라는.

아멜리 노통브는 책을 태워서 삶을 연명할 수밖에 없는 기상천외한 상황을 설정하여, 주변을 둘러싸고 있는 추위와 전쟁과 마주해 책을 몽땅 불태워야 한다면 그때 책의 내용은 과연 무슨 의미가 있는지를 생각하게 한다. 인간의 본질을 담고 있다고 여겼고 때로 인간의 존재 이유이기도 했던 책은 이 극한 상황에서 다만 두께로만 그 가치를 인정받을 뿐이다. 그럼에도 아멜리 노통브는 세 사람의 대화를 통해서 책은 세상 사람이 위안을 얻는 구제책이라는 것을 말하고 있다. (태워 버릴) 책이 없으면 (우리도) 죽을 수밖에 없다는 것은, 우리에게 책이 지니고 있는 가치를 역설적으로 보여 준다. 다시 말하면 책은 우리가 죽어도 남을 영원한 가치를 지니고 있음을 강조하고 있다. 왜냐하면 이 숨 막히는 상황에서 생명을 유지하고 또 자신의 몸을 보호하기 위해 책을 불태우는 행위는 우리의 문화를 잃어버리는 것이고, 결과적으로 전쟁에서도 지는 것이기 때문이다. 그것이 타인과의 전쟁이든 자신과의 전쟁이든 간에.

아멜리 노통브는 세 사람 사이에 끊임없이 이어지는 대화를 통해서 자신이 갖고 있는 책에 대한 애정을, 거의 숭배에 가까운 존경을 역설적으로 드러낸다. 문화(문학을 포함한)가 인간의 삶에서 중요한가 아닌가라는 이분법적인 질문이 아니라 문화가, 곧 책이 우리 삶에서 차지하는 위상을 뛰어난 통찰력으로 문제 삼고 있다. 그녀에게 책은 세계관을 발견하도록 이끌어 주는 나침반과 같은 것이니까.

우리는 먹기 위해서 사는가, 아니면 살기 위해서 먹는가. 아멜리 노통브는 책을 쓰기 위해 살지만, 우리 독자는 책을 읽기 위해 사는 게 아닌가. 아멜리 노통브는 이 책을 통해서 새삼 삶의 주제를 새롭게 물어보고 있다.

천재 작가 아멜리 노통브는 이 희곡 작품에서도 역시 동서를 넘나드는 해박한 지식, 누구도 따를 수 없는 뛰어난 상상력, 잔인하면서도 거침없는 유머, 삶에 대한 아이러니, 독설로 가득한 은유를, 그녀만의 독창성을 유감없이 보여 주고 있다.

겉으로 보기에 아주 작은 책이지만 매우 매력적이다.

하나의 문화 현상이라고 할 정도로 아멜리 노통브의 등장은 마치 페스트처럼 독자에게 전염되어서 책을 읽은 사람 모두를 중독시키고 있다. 지금 우리는 가학과 피학과 악의와 잔혹함이 어우러진 노통브의 세계를 단정적으로 정의하고 평가할 수 없다. 왜냐하면 아직 그녀는 여전히 젊고 마치 말하듯이 글을 쓰고 있기 때문이다. 언제 어떤 모습으로 독자들을 놀라게 할지 아무도 짐작할 수 없다.

함유선

옮긴이 **함유선** 서울에서 태어나 이화여대 불어불문학과를 졸업하고, 동 대학원에서 「발레리의 시에 나타난 자아 탐구」로 박사 학위를 받았다. 현재 이화여대에 출강 중이다. 역서로는 아멜리 노통브의 『시간의 옷』, 자크 프레베르의 『붉은 말』, 장 그르니에의 『섬』, 『지중해의 영감』, 『그림자와 빛』, 피에르 장주브의 『절망은 날개를 달고 있다』 등이 있다.

불쏘시개

발행일 2004년 12월 10일 초판 1쇄
2010년 8월 30일 초판 5쇄
2014년 10월 10일 2판 1쇄

지은이 아멜리 노통브
옮긴이 함유선
발행인 홍지웅
발행처 주식회사 열린책들

경기도 파주시 문발로 253 파주출판도시
전화 031-955-4000 팩스 031-955-4004
www.openbooks.co.kr

ISBN 978-89-329-1673-6 03860

이 도서의 국립중앙도서관 출판시도서목록(CIP)은 e-CIP 홈페이지(http://www.nl.go.kr/ecip)와 국가자료공동목록시스템(http://www.nl.go.kr/kolisnet)에서 이용하실 수 있습니다. (CIP제어번호 : CIP2014027711)